구름 관찰자

구름 관찰자

김신운 장편소설

도화

　젊은 시절의 방황과 편력의 이야기는 내 마음을 사로
잡고 있던 오래된 주제였다. 문학소년 시절부터, 나는
그것을 한 편의 성장소설로 쓰리라는 생각을 하고 있었
다. 그런데 나는 그동안 여기저기 기웃거리며 헤매 돌아
다니다가 좋은 시절을 다 허송해버리고 말았다. 여든이
되어서야 이 작품을 발표하게 된 것이 그나마 다행이라
고 해야 할 것인지. 그러므로 이 소설은 아직도 젊은 시
절의 방황과 편력의 이야기에 사로잡힌 '여든 살에 그린
나의 자화상'인지도 모르는 일이다. 독자들은 이 작품을
일종의 자전소설처럼 읽어도 무방하리라는 생각이 든
다.

이 작품을 계간 『문학저널』 2022년 가을호와 겨울호에 연재하고, 책으로 묶어 주신 도서출판 〈도화〉 김성달 주간과 편집진에게 인사드린다.

2023년 3월 어느 개인 날
김신운

차례

작가의 말

1

젊은 시절, 나는 정처 없는 구름 관찰자였다.

구름에 관한 최초의 기억은 열두 살에 시작되었다. 그것은 이집트에서 탈출하여 40년 동안 광야를 헤매던 이스라엘 민족에 관한 이야기였다. 그들은 이집트 기병들에게 쫓기며, 위험한 갈대바다를 건너 천신만고 끝에 시나이 광야에 이르렀다. 모세에게 이끌려, 그들은 젖과 꿀이 흐르는 약속의 땅을 찾아가고 있었다. 그러나 그곳은 사나운 낯선 인종들의 땅이었고, 화성처럼 불타는 광야였을 따름이었다. 여호와는 절망에 빠진 그들을 낮에는 구름기둥으로, 밤에는 불기둥으로 이끌었다.

"출애굽기에 나오는 이야기야. 상상하기 어려운 먼 옛날의 일이었어. 그런데 그것이 지금까지 오래 전해 내려온 것은…."

그 이야기를 처음 들려준 사람은 주일학교 여교사였다. 윤서희, 그녀는 대학에서 독일문학을 전공하는 학생이었다. 일요일이면 교회에 나가, 우리는 그녀 앞에 옹기종기 모여 앉았다.

"구약의 대부분이 '이야기'로 되어 있기 때문이야. 구약에는 별의별 이야기가 다 있어. 카인과 아벨, 아브라함과 야곱, 다윗과 솔로몬의 이야기가 있고, 어느 날 성을 점령하러 갔다가 여자가 던진 맷돌에 맞아 죽은 장군의 이야기도 있어."

그녀는 금속판이 가볍게 울리는 듯 높고 투명한 목소리로 그 이야기를 들려주었다. 나는 그렇게 생기 있고 아름다운 목소리를 들어본 적이 없었다. 오래도록, 성장한 뒤에도 그것은 아름다움의 섬광으로 내 기억에 남았다. 그것은 내가 상상하지 못한 놀랍고 경이로운 세계의 출현이었다. 그 순간에 나는 세계가 내 속에서 무한히 확장되는 것을 느꼈다. 그녀가 나를 그 무한한 이야기의 세계로 데려갔음이 분명했다.

"호기심은 이야기의 원천이야."

그녀는 계속 말했다.

"호기심을 잃지 않는다면, 너희들도 모두 훌륭한 이야기꾼이 될 수 있어, 수천 년 전, 구약을 기록했던 사람들처럼…."

지수와 나는 학교에서 같은 반이었다.

그런데 그 애는 나보다 두 살 많았으므로, 보통의 경우라면 벌써 중학생이 되어 있어야 할 나이였다. 그러나 시골에서 이사 온 지 얼마 되지 않았으므로, 그 애는 중학교로 바로 가지 못하고 초등학교를 한 학년 더 다니게 되었다. 그것은 자기가 겪은 여러 가지 좌절 중에서도 특히 쓰라린 것이었다고 지수는 나중에 말했다. 나는 물론 그 애가 겪었을 비참과 상실에 대해서는 정확하게 아는 것이 없었다. 초등학교를 졸업한 뒤에 같은 중학교로 배정되지 않았더라면, 우리는 그나마 서로 만날 일도 없었을 것이다. 그런데 우리는 중학교에서처럼 고등학교에서도 같은 반이 되었다. 그리하여 우리는 뗄 수 없는 관계로 한데 묶였고, 십대에서 이십대에 걸치는 인생의 어느 한때를 그렇게 어울려 지낼 수밖에 없는 사이가 되었다.

하지만 그 무렵의 일에 대해서는, 설혹 내가 어린애처럼 으스대고 싶다거나, 혹은 지나간 것들에 대한 향수의 감정에 젖어 있다거나, 혹은 내 기억이 심하게 과장되거나 미화된 것이었을지라도, 나는 그것을 나중에 더 자세히 이야기할 기회가 있을 것이다.

그런데 그 중에서 한 가지를 미리 말하기로 하자면, 그것은 고등학교에서의 문예반 활동이었다. 중학교에서와 마찬가지로, 나는 고등학교에 가서도 지수와 함께 문예반에 적을 두었다. 특별활동 수업은 금요일 오후였다. 그런데 문예반 교실을 찾아가는 우리에게 선배들이 귀띔해 주던 말에 의하면, 문예반 지도교사는 갈데없는 풋내기 시인이었다. 출판된 시집이 한 권 있다고 했지만 제목조차 아는 사람이 없었다. 문학청년 시절, 그는 어휘 공부를 위해 두꺼운 국어사전을 한 번 베꼈다는 소문도 있었다. 감탄하는 사람도 있었으나 멍청하고 우둔한 열정이었음이 분명하다는 것이 우리들의 생각이었다. 그러나 스스로를 대단한 시인으로 자부하고 있는 사람이어서, 고등학생 작문 지도에는 자기만큼 뛰어난 교사가 없다는 식이었다.

"제군들, 문예반에 온 것을 환영한다!"

첫날, 문예반 교실을 찾아가자 그는 우리에게 이런 과장된 인사말과 함께 노트를 한 권씩 나눠주었다.

"제군들에게 방금 나눠준 이 노트로 말하자면…."

그러면서 그는 거기에 한 편씩 글을 써오라는 과제를 내주었다. 효과적인 글쓰기를 위해서는, 무엇보다 정해진 분량을 지속적으로 쓰는 것이 최선의 방법이라는 것이 그의 주장이었다. 우리는 속으로 고개를 갸웃했으나 누구도 그것에 이의를 제기하지 못했다. 그런데 그는 다음 주부터 정말로 노트 검사를 시작하였다.

"김지수!"

눈앞에 노트를 집어 던지며 그가 소리쳤다.

"이게 뭐야! 나와서 설명해 봐!"

그런데 우리들의 기억 속에 오히려 그 이름을 뚜렷하게 새겨 넣은 그 사건, 뒤틀린 풍자, 혹은 분노, 혹은 아이러니, 혹은 예측하기 어려운 어떤 종류의 기묘한 재능을 여실히 담아낸 문장들을 적어 놓은 그 노트에는, 또이런 구절들이 적혀 있었다.

〈……너는 글을 쓸 때, 쓰려고 할 때, 혹은 다 쓴 뒤에도, 단호하게, 가차 없이, 스스로에게 이런 질문을 던져야 해. 너는 진실한 것을 쓰고 있는가? 진실한 것을 생생하게 묘사하고 있는가? 진실하고 생생한 것을 영속적인 것으로 표현하고 있는가?〉

직접 지은 것인지, 혹은 어디서 몰래 훔쳐 베낀 것인지에 대해서는 알려진 것이 없었다. 그러나 우리를 놀라게 하였던 그의 기발한 재능에 대해서는 조금도 의심할 필요가 없는 일이었다. 실지로 대학 2학년 때, 그러니까 스물두 살에 그는 어느 권위 있는 문예지 신인문학상에 당선하여 주위를 놀라게 하였다. 그런데 그는 당선작품보다 오히려 기묘한 당선소감이 우리를 더욱 놀라게 하였다는 사실을, 나는 여기에 밝혀 두기로 한다.

〈……갑자기 눈앞을 가로막는 황막한 벌판을 바라
봅니다. 말을 탄 사나운 총잡이들이 어디서 튀어나
올지 모릅니다. 저는 총잡이들이 우글거리는 황야
로 나갈 일이 무섭습니다. 자기들끼리만 통하는 언
어로 말하는 그들이 무섭습니다. 저는 어쩌다 이
난해한 세계에 들어오게 된 것일까요? 그러나 저는
이제 더 이상 물러설 데가 없습니다. 인정사정없는
총구는 벌써 제 이마를 겨누고 있습니다. 제가 죽
거든, 제 무덤에 침을 뱉어도 좋습니다!〉

그러나 아직은 먼 뒷날의 일이었다.

무슨 일이었는지는 기억에 남아 있지 않지만, 그날 아
침 나는 집에서 나오다가 한 마리 작은 새의 유혹을 받았
다. 전신이 아름다운 황금빛 깃털에 싸인 새였다. 나중
에야 나는 그 새가 꾀꼬리였다는 사실을 알았다. 그런데
눈앞에서 한참 선회하더니, 그 새는 아파트단지와 마을
의 경계가 되는 야산 쪽으로 날아가기 시작했다. 부챗살

처럼 퍼진 꼬리에서 아침 햇살이 화사하게 미끄러지고 있었다. 울음소리가 너무나 청아하여, 나는 그것이 이 세상의 소리가 아닌 것처럼 느껴졌다.

그 새는 나를 근처 야산으로 데려갔다. 아파트단지가 확장되는 것을 막기 위해, 시에서 도시공원으로 지정해 놓은 곳이었다. 그런데 지정만 해놓고 몇 년 동안 방치해 두고 있었으므로, 도시공원은 인적이 끊긴 폐허가 되어 있었다. 나는 방향을 알 수 없었고, 헤매면 헤맬수록 더 깊은 골짜기가 되었다. 나를 유혹했던 새도 숲속으로 사라져버린 뒤였다. 그러자 세상이 갑자기 정지해버린 듯, 어디에서도 소리 하나 들려오지 않았고, 나를 이끌어줄 구름기둥도 나타나지 않았다.

나는 골짜기를 헤매다가 굴참나무 아래 주저앉았다. 상수리나무와 오리나무와 소나무들이 한데 어우러진 깊은 골짜기였다. 땅에서 밀고 올라오는 듯한 어두운 힘이 나무들의 우듬지에서 와삭와삭 소리를 냈다. 나는 불안했지만 나무 사이로 스며드는 햇살에 마음이 차츰 가라앉았다. 햇빛이 황금빛 실타래처럼 보였다. 이윽고 숲의

고요가 나를 굴참나무 아래 눕게 하였다. 등에 쪼이는
햇살이 나를 잠의 바닥으로 데려갔다. 나는 잠의 바닥으
로 내려가서 떠오르지도 않을 것 같았다.

　'새 점'을 치는 남자가 있었다.
　해질 무렵이면 벌판에 나가 이마에 손을 얹고,
그는 하늘에서 비상하는 새들을 관찰한다. 하늘 모
퉁이에서 혼자 외롭게 나는 새도 있고, 수만 마리
떼를 지어 날아다니는 새들도 있다. 소소리바람이
이는 먼 하늘 끝에서 새들의 힘찬 날갯짓 소리가
대기를 가른다. 새들의 장엄한 군무와 고독한 비상
에서, 그는 신비로운 예감과 전조를 느낀다. 벌판
에 어둠이 내리면 집으로 돌아와, 그는 새들의 비
상에서 얻은 암시와 영감으로 '오늘의 운세'를 점
친다. 새벽에 배달되는 신문에 그것이 실린다. 그
의 '새 점 이야기'는 수많은 독자들의 관심과 호응
속에, 열렬한 박수와 갈채를 받는다. 그런데 의심
많은 어떤 기자의 노력으로, 그의 새 점 이야기는
허구였다는 사실이 밝혀진다. 그는 새를 관찰하러
벌판에 나가본 적이 없다. 어둑신한 방에 혼자 앉
아, 컴퓨터 모니터 앞에서 그 이야기를 만들어내고

있었던 것이다. 사방에서 강렬한 비난의 말들이 쏟아지고 항의가 빗발친다. 다음 날, 남자는 벌판으로 나갔으나 돌아오지 않는다.

나는 졸면서 계속 꿈을 꾸었다.

꿈에서 나는 내 꿈속으로 걸어들어온 그 남자를 보고 있었다. 그는 새들의 말을 인간의 언어로 옮기는 사람이었다. 처음에는 그 남자가 나인 것처럼 보였다. 그러나 한 번도 만난 적이 없는 낯선 사람이었음이 분명했다. 혼란스러운 꿈이었지만 어떤 장면은 선명한 이미지로 기억에 남았다. 나는 그 꿈의 제목이 「새의 전설」이라는 것을 알았고, 그때부터 그것을 한 편의 소설로 쓰리라는 생각을 하기 시작했다. 실제로 나는 십대의 어느 한때를 그것으로 보내버렸음을 여기에 밝혀 둔다.

그런데 잠에서 깨어나자 주위가 너무 낯설었다. 영롱하게 스며들던 햇빛도 사라져버린 뒤였다. 왕의 수레가 궁궐에 닿기도 전에 휘몰아쳤다는 큰비가 생각났다. 서희가 들려주던 그 이야기 속에서, 큰 가뭄 뒤에 이스라엘 아합왕에게 닥쳤던 것처럼, 그것은 나에게도 미지의 폭풍우의 내습처럼 위험한 것이 될지도 모르는 일이었다. 나는 조바심에 쫓기며 숲속을 달려가기 시작했다. 노간 주나무와 엉겅퀴와 도깨비바늘이 바짓가랑이를 잡아당 기는 덤불 속에서 한참 헤매다가, 나는 누군가 부르는 소 리를 들었다.

"명준아!"

그들이 불쑥 나타났다.

"여기서 웬일이냐?"

지수와 그의 친구들이었다.

"우린 새를 잡으러 왔어. 그런데 덫을 놓고 기다렸지 만 실패했어. 새들이 약아빠져서 잡을 수가 없어."

새그물을 보여주며 그들이 말했다. 그것은 내가 전 에 본 적이 없는 낯선 도구였다. 그 애들과의 만남도 그 렇게 낯설게 느껴졌다. 나는 그들에게 나를 유혹했던 새 의 이야기를 해주고 싶었다. 꿈에 보았던 그 남자의 이 야기도 해주고 싶었다. 하지만 그 이야기를 들려주면 그 애들이 비웃을 것만 같았다. 시간이 지나자 차츰 마음이 가라앉았다.

"그런데 너는 혼자서 웬일이냐?"

도시공원 골짜기에 들어왔다가 길을 잃어버렸다고 내가 말했다.

"응, 그래?"

우리는 산을 내려가기 시작했다. 골짜기를 벗어나자 마을이 나타났다. 지수와 그의 친구들이 사는 동네였다. 오래된 마을의 길들은 비좁고 구불구불하고, 골목에서는 역한 하수 냄새가 풍겼다. 마을 앞으로 가자, 시궁창 물이 흐르는 개울가 미루나무 밑에 여자들이 모여 하늘을 쳐다보고 있었다. 우리도 걸음을 멈추고 서서 하늘을 쳐다보았다. 새털구름이 간간이 흩어진 하늘 높이 비행운이 길게 꼬리를 끌며 흘러가고 있었다. 하늘을 가로지르는 고속도로 같이, 그것은 하늘 이쪽에서 저쪽까지 일직선으로 뻗어 있었다.

"비행기다!"

비행운을 끌고 가는 비행기가 보였다. 고도가 너무 높은 탓인지 소리는 들리지 않았다. 아스라이 높은 곳에서, 햇빛을 받은 비행기 동체가 조그만 은빛 투구풍뎅이처럼 빛났다.

"멋지?"

아이들이 탄성을 올렸다.

비행운은 높은 고도로 날아가는 항공기의 배기가스에 들어 있는 수분이 결빙되어 나타나는 현상이다. 인공으로 만들어진 구름이지만 대기 중의 연무가 미묘하게 빛을 산란시키는 바람에 신비스러운 느낌을 자아낸다. 그래서 어떤 사람은 그것에서 경이와 전조를 보고, 어떤 사람은 아름다움을 보고, 어떤 사람은 고요와 순수를 보는지도 모른다.

"조종사는 혼자 무섭지 않을까?"

그런데 쳐다보고 있는 사이에 비행운이 흩어지기 시작했다. 그것은 뿔뿔이 흩어지면서 여러 가지 다른 모양의 구름이 되었다. 그것들이 또 다른 구름을 데리고 하늘 중앙으로 모여들었다. 일제히 닻을 올리고 새로운 정박지를 향해 떠나는 배들 같았다. 구름들의 움직임이 너무 빨라서 믿어지지 않을 지경이었다. 이번에는 대장간의 모루처럼 크고 무거운 적란운이 일어나더니, 그것이

순식간에 하늘을 덮었다.

"비가 오려나 봐!"

우리는 그곳에서 헤어졌다.

"여기가 우리 집이야."

아이들과 헤어진 뒤에, 지수가 가만히 내 팔을 끌었다. 차고 섬세한 손이었다.

"들어와."

빗방울이 후드득 듣기 시작했다.

나는 반쯤 열린 대문 너머로 툇마루에 혼자 앉아 있는 부인을 보았다. 보이지 않는 먼 곳을 응시하고 있는 듯이 아득한 눈매였다. 그것은 몽환적이면서 범접할 수 없는 신비로움을 담은 눈빛이었다. 젊은 시절의 아름다움이 아직도 생생하게 남아 있는 얼굴이었다. 보일 듯 말 듯 미소하고 있는 얼굴 주위로 감미로운 숨결이 감돌고 있었다.

"비가 오는구나."

그녀가 지수의 어머니였다.

"들어왔다가 그치면 가렴."

빗방울이 굵어지기 시작했다.

지수는 두 사람이 마주 앉으면 무릎이 닿을 만큼 작은 방으로 나를 안내했다. 이웃마을에 살고 있었지만 나는 아직 그 애의 집에 와본 적이 없었다. 마찬가지로, 그 애도 우리 아파트에 와본 적이 없었다. 그러나 우리는 알 수 없는 어떤 것, 서로를 끌어당기는 신비한 힘, 설명하기 어려운 친밀감으로 이미 서로를 따뜻하게 받아들인 뒤였다. 어깨동무를 하듯이 벽에 비스듬히 몸을 기대고, 우리는 나란히 누웠다. 밖에서는 제법 굵어진 빗줄기가 좍좍 쏟아져 내리고 있었다.

*　*　*

"이사 온 지 3년 되었어."

하고, 지수가 말했다.

"우리 집에 와본 친구는 네가 처음이야."

하면서, 그는 그 이야기를 시작했다.

이 집은 어머니와 내가 도시에 와서 처음 발붙이기 시

작한 집이다. 어머니는 이 집에서 점을 치고, 누군가 찾아와 굿을 청하면 무구巫具를 챙겨들고 집을 나선다. 어머니는 그것으로 생계를 꾸려가고 있지만, 그러나 그 일에 얼마나 큰 모멸의 감정을 가지고 있는지에 대해서는 누구도 짐작조차 하지 못한다. 어머니가 처음부터 무당 일을 했던 건 아니다. 아니, 이 얘기를 하기 위해서는 어머니와 내가 고향을 떠나던 이야기부터 해야 한다. 그 당시, 5학년생이던 나는 마을에 동갑내기가 한 명도 없어서 날마다 혼자 학교에 다니고 있을 때였다. 학교는 마을에서 작은 재를 하나 넘어야 하는 이웃마을에 있었다. 어느 날, 나는 학교에서 돌아오다가 길가 보리밭에서 우연히 메추라기 둥지를 발견하였다. 메추라기는 정교하게 엮은 둥지 속에 알락달락 무늬가 있는 작은 알을 서너 개 낳아 놓았다. 근처 밭고랑에 숨어 쭈루루쭈루루 가냘프게 우는 메추라기 울음소리가 들려왔다. 나는 언덕 너머로 고개를 내밀어 조용히 그 녀석을 살펴보았다. 뭉툭한 몸집과 짤막한 꼬리, 그리고 등에 나 있는 갈색과 황색의 가로무늬와 세로무늬가 틀림없는 메추라기 수컷이었다. 메추라기는 나와 눈이 마주쳤지만 도망가지 않았다. 메추라기는 수컷이 새끼를 맡아 기르는 좀 특이한 습성을 가진 새이므로, 녀석도 알을 품어 그것을 부화시켜야 하는 자기의 소중한 임무를 저버릴 수가 없었을 터였다. 나로서는 새와 알을 한꺼번에 손에 넣을 수 있는 좋은 기회였지만 며칠 참고 기다리기로 하였다. 마침내 새끼들이 알을 깨고 나오자, 나는 그것을 수습하여 집으로 가져갔다. 집이라고는 하지만 그것은 어머니와 내가 몸을 의탁하고 있던 조부네 허름한 문간방이었을 따름이었다. 어릴 적, 나는 아버지를 모르고 자랐다. 아버지는 오래전에 집을 나갔고, 낯선 고장에서 돌아가셨다는 이야기를 들었다. 하지만 그것은 어머니가 지어낸 이야기였으니, 군청 직원이던 아버지는 어느 날 읍내 외곽 도로 교통지도를 나갔다가 돌아오지 못하고 말았다. 술에 취한 트럭 한 대가 아버지를 덮치고 달아나버렸던 것이다. 어머니는 이미 넋이 나가버린 사람이었다. 아버지의 장례가 끝난 뒤에, 조부가 고향에서 올라와 살림을 정리하고 우리를 시골로 데려갔다. 조부 또한 자식을 잃은 슬픔에 제정신이 아니었을 테지만, 그러나 그보다 더 큰 분노와 증오로 며느리를 구박하기 시작했다. 그때부터 밤이나 낮이나 바람 부는 언덕에 서서, 보이지 않는 먼 곳을 바라보고 있다가 돌아오는 어머니의 버릇이 생겨버렸다. 어머니에게 신이 들렸다는 소문이 돌기 시작한 것도 바로 그 무렵의 일이었다. 조부가 그것에 얼마나 화를 내고 있었을 것인지는 상상만으로도 충분히 짐작이 가는 일이었다. 그리하여 그 모든 것들이 사사건건 우리를 구박하기에 충분한 조건이 되었음은, 메추라기 사건에서도 여지없이 그대로 드러나고 만 것이었다. 학교에서 돌아오자, 처마 밑에 메추라기 새끼들이 패대기쳐져 있었다. 처음에는 그 작은 것들의 죽음이 상상하기 어려운 놀라움으로 다가왔지만, 나는 그것이 조부의 짓이었다는 사실을 금방 알아차렸다. 마침 들에 나갔던 그가 돌아오고 있었다. 헛간에 연장을 걸어두고 토방으로 올라가는 그를 보는 순간, 어떤 강렬한 감정, 적개심, 살인적인 충동이 내 속에서 폭발해버렸다. 돌이켜보건대, 나는 그때처럼 엄청난 분노로 자신을 불태운 적이 없었다. 그리하여 창백하게 핏기가 가신 얼굴로, 나는 마당에 책보를 던져두고 조부를 향해 돌진하였다. 그러나 노인이라고는 믿어지지 않을 지경으로 억센 팔목에 멱살이 잡혀, 나는 마당 가운데 나둥그러지고 말았다. 돌이킬 수 없는 궁핍과 황량한 삶의 기억으로부터 나를 구했던 사람은 어머니였다. 대문에 들어서던 어머니는 어린 아들이 어떻게 인생의 비참을 겪고 있는가를 보았다. 그러나 스스로도 자신의 삶을 어찌할 수가 없었던 어머니는 어린 아들의 일로 조부에게 따지고 항의할 엄두조차 내지 못했을 것이다. 그리하여 뒤척이며 잠을 이루지 못하는 긴 밤을 뜬눈으로 밝힌 뒤에, 어머니는 이튿날 작별 인사도 없이 내 손목을 꽉 쥐고 조부네 집을 나섰다. 고갯마루에서 돌아보자, 마을의 낯익은 지붕들 위로 하늘에 흩어져 날리는 구름이 보였다. 정처 없이 떠도는 그 구름장들은 궁핍에 찬 나의 어린 시절이 아직 끝나지 않았다는 서글픈 확인이었을 따름이었다. 도시에 와서 처음 발붙이기 시작한 이 집에서의 경험도 마찬가지였다. 흐릿한 유리창 너머로 바라보면, 햇빛에 반짝이는 시가지의 지붕들이 나에게는 또 어디론가 일제히 날아오르는 새 떼를 연상시키는 것이었다. 그러면 그 수많은 새 중에서, 나는 여전히 한 마리도 나의 것으로 소유하지 못하고 있다는 생각이 들면, 그 순간 상실의 아픔이 늑골을 쑤시는 통증으로 오는 것이었다. 그러나 상실과 결핍의 기억은 그것으로 끝난 것이 아니었다. 어느 날 학교에서 돌아오자 집 안이 온통 난장판이었다. 동네 어귀 대폿집에 모여앉아 늘 낄낄거리며 술을 마시고 있던 사내들이었다. 그들이 집으로 들이닥쳐 어머니의 행방을 물었고, 나는 그 질문 뒤에 숨은 악의와 적개심을 보았다. 그들은 어머니가 무당이라는 사실을 따지러 온 사람들이었다. 사내들의 팔뚝에서 번쩍이며 흘러내리는 땀방울들이 눈앞에 악몽처럼 전개되었다. 다음 순간, 내가 무슨 욕을 하며 달려갔는지는 모르지만, 나는 곧 억센 팔뚝에 목이 조였고, 숨이 막혀 개처럼 캑캑거렸던 기억밖에 남아 있는 것이 없다. 사내가 팔을 풀자, 나는 시궁창에 얼굴을 처박고 토하기 시작했다.

　　　　＊　　＊　　＊

　그 무렵, 나의 테마는 새였다.

　실지로 나는 「새의 전설」을 쓰기 시작했다. 그것은 어
느 날 숲속에서 길을 잃고 헤매다가 굴참나무 아래 드러
누웠을 때, 불현듯 내 잠 속으로 들어온 그 꿈의 제목이
었다. 그것은 덧없는 꿈속에서의 몽상 같은 것이었지만,
그러나 나는 그것을 한 편의 소설로 쓰리라는 생각을 하
고 있었다. 그때부터 나는 자신을 한 사람의 작가로 치
부하고 있었는지도 모르는 일이었다. 하지만 나는 확신
할 수 없었고, 누구와 그것을 상의할 수도 없었다. 그러
면서도 나는 「새의 전설」을 쓰기 위해 온갖 궁리를 다
했다. 그것으로 한 학기를 허송하다시피 했고, 특별활동
시간에는 그것을 노트에 적고 있다가 지수처럼 문예반
지도교사에게 혼이 나기도 했다.

　물론 그때까지 나는 소설을 써 본 적이 없었다. 내가
쓴 그것이 과연 소설인지 아닌지조차 알 길이 없었다.
노트에 몇 장 끄적거리고 나서 읽어 보면, 내가 쓴 단어

와 문장들이 그렇게 조잡하고 생소할 수가 없었다. 도움이 필요했지만 나는 어디서도 조언을 구할 수가 없었다. 그러면서도 자부심과 괴로움에 차서, 나는 그것을 몇 번이나 쓰고 찢고 또 고쳐 쓰기를 반복했다. 그리고 또 몇 번이나 망설이다가 용기를 내어 그것을 서희에게 보내고 말았다. 나는 대학에서 독일문학을 전공하고 있는 그녀가 내 가능성을 열어 줄 수도 있으리라는 막연한 희망을 품고 있었다. 조바심과 후회로 괴로워하고 있던 어느 날, 그녀에게서 연락이 왔다.

"명준아!"

여전히 투명하고 아름다운 목소리였다.

"잘 지냈니?"

우리는 교회 뒤편 잔디밭 벤치에 앉았다. 사방에서 아카시아 꽃향기가 바람에 실려 오는 아름다운 황혼 무렵이었다. 그녀 곁에 나란히 앉아 있으려니, 나는 달콤하면서도 쓰라린 기분이 되었다.

"보낸 원고 읽었어."

하고, 그녀가 말했다.

"호모 사피엔스라는 말을 알지?"

그녀는 이렇게 시작했다.

"호모 사피엔스란 생각하는 존재로서의 인간을 가리키는 말이야. 너는 우선 좋아하는 누군가를 머릿속에 떠올리면서 마음으로 생각을 해봐. 누군가 그립고 보고 싶고 좋은 것이 있으면 주고 싶다고 생각해 봐. 그러면 너는 그것을 '사랑한다'라는 말로 표현하게 되겠지. 그러므로 '사랑한다'라는 말은 그 속에 곧 '사랑한다'라는 생각을 담고 있는 것이야. 마찬가지로 '사랑한다'라는 생각은 그 속에 곧 '사랑한다'라는 말을 담고 있는 것이지. 아득한 옛날부터 인간들은 이처럼 언어로 생각을 하고, 또 그것을 언어로 표현하려는 노력을 지속적으로 계속해 왔어. 원시인들이 동굴 벽에 짐승들의 형상을 그리던 아득한 옛날로부터 오늘에 이르기까지, 그것은 변하지 않는, 인간만이 가지는 특징인 것이야. 호모 사피엔스, 곧 호모 로쿠엔스로서의 특징인 것이지. 그러면 인간은 왜 생각을 하고, 왜 그것을 언어로 표현하려고 애쓰는 것인가. 인간이 언어라는 기호를 사용하여 남에게 자기의 생각을 전달하려고 애쓰는 것은 다름 아닌 의사전달의 욕망 때문이야. 원시인들이 대지에 화살을 그린 것은 산이나 강물의 위치, 혹은 짐승들이 떠난 방향을 동료들에게 알려주려는 목적에서였어. 마찬가지로 그들이 동굴 바위에 새긴 형상들은 자신을 표현하고 싶은 본능적 욕구의 산물이었던 것이지. 문자가 생기기 이전에는 그런 노력들이 몇 개의 상징적인 기호를 통해서만 이루어졌어. 그런데 문자가 생겨나자 우리는 그것을 새로운 기호 체계로 만들고, 그것을 기록하여 후대에 전하게 되었어. 그러므로 오늘날 글을 쓴다는 행위가 원시시대보다 한결 복잡한 동기와 목적을 지닌 것이라고 해도, 모든 글의 배후에는 이처럼 원시시대와 똑같은 기본적인 욕망이 서려 있는 것이야. 그것은 곧 자신의 의사를 전달하고, 지식이나 관념이나 정서를 공유하고, 세계에 대해서 무엇인가 말하고자 하는, 인간이라면 누구나 지닌 기본적인 욕망에서 출발한다는 것이지."

어려운 이야기였다. 그러나 눈앞에 전개되는 '새로운 하늘과 땅'인 것처럼, 나는 경이로운 눈으로 그녀의 말에 귀를 기울였다.

"세상의 모든 글쓰기는 여기서부터 시작돼."

그녀는 다정하게 내 눈을 들여다보고, 어깨를 두드리면서, 여전히 투명하고 아름다운 목소리로 말했다.

"글쓰기에는 물론 여러 가지 방법이 있어. 그러나 기술자가 되려는 것이 아니라면, 너는 글쓰기의 방법부터 배우면 안 돼. 글이란 기술이나 지식이 아니야. 정신이며 영혼인 것이야. 너는 이것을 명심해야 해!"

* * *

우리는 헤어질 때가 되었다.

고2, 여름방학이 끝나갈 무렵이었다. 보충수업이 끝나자 친구들은 며칠 남지 않은 여름방학을 어떻게 보낼 것인가 온갖 궁리에 골몰해 있었다. 지수와 나는 또 다른 의미에서 엉뚱한 계획에 들떠 있었다. 서희를 만나러 가자는 의논을 하고 있었으니, 그것은 주제넘은 짓이 분명했지만, 우리로서는 다른 방법이 없었다. 예전에 우리는 교회에 나가기만 하면 주일학교에서 언제나 그녀를 만날 수 있었다. 그런데 고등학생이 되자 갑자기 세계가 확장되었고, 시간이 흐르자 교회와도 거리가 멀어지게 되었다. 하지만 그녀에 대한 그리움 같은 막연하면서도 뚜렷한 감정들은 내 속에서 사라지지 않았다. 오히려 그것이 보이지 않는 어떤 곳에서 더욱 크게 부풀어 오르고 있다는 느낌이 들기도 하였다. 때로는 그것이 사무치는 느낌으로 늑골을 쑤셔대는 것이었다.

"선생님 집 주소야."

나는 지수에게 봉투를 보여주었다.

지난번, 내가 보낸 편지에 서희가 답신해 준 봉투였다. 구도심에서 가까운 곳에 그녀의 집이 있었다. 비슷한 시기에 지은 개량한옥 기와집들이 다닥다닥 붙어 있는 동네였다. 똑같은 모양과 색깔을 가진 지붕들이 파도처럼 이어지고 있어서 찾기가 쉽지 않을 것 같았다. 우리는 골목을 이리저리 헤매다가 그 집 앞에서 걸음을 멈췄다. 그러면서도 한참이나 더 머뭇거리다가, 지수가 초인종을 눌렀다.

"누구세요?"

대문 뒤에서 금방 높고 투명한 목소리가 울렸다. 서희의 목소리인 듯이, 나는 그 소리의 반향만으로도 벌써 가슴이 뛰었다. 그러나 문을 열고 나온 사람은 낯선 얼굴이었다.

"누굴 찾으세요?"

균형 잡힌 아름다운 얼굴이었다. 생기 넘치는 이마와 윤기 흐르는 코와 입 주변의 아름다움이 더욱 도드라졌다. 뺨 주위에 연한 분홍빛이 감돌고 있었고, 웃음기 머금은 시선으로 바라보는 눈매도 고왔다. 그런데 그녀는 자기의 아름다움을 모르고 있는 것 같았다. 아니, 알고 있으면서도 관심이 없는 사람인 것처럼 보였다. 그 무관심 속에 쾌활함이 배어 있는 듯했다. 목소리도 서희처럼 투명하고 아름다웠다.

"동생을 만나러 왔어요?"

그녀가 대뜸 말했다.

"그런데 어쩌나, 걔는 독립해 나갔어요."

아무렇지도 않게 말하는 것이었지만,

"도, 독립이라뇨?"

지수는 대번에 더듬거렸다. 당황할 때면 나타나는 버릇이었다. 당황스럽기는 나도 마찬가지였다.

"수녀원으로 갔어요."

하고, 그녀가 말했기 때문이었다.

"졸업하자마자 바로 떠났어요. 편지로만 간혹 연락이 와요."

그 순간, 말할 수 없는 절망감이 밀려왔다. 몸에서 힘이라고 생긴 것은 모조리 빠져 달아나버리는 것 같았다. 지수도 마찬가지인 듯이, 그는 얼굴이 굳어지고 입 주변에 벌써 일그러진 비웃음이 번졌다. 난처하거나 곤란할 때면 나타나는 버릇이었다. 하지만 나 또한 남의 말을 하고 있을 계제가 아니었으니, 그 순간에 나는 눈앞에서 모든 것들이 바람에 불려 사라져 가버리는 듯한 느낌이 들었다. 나는 그 상실감을 견딜 수가 없었다. 머뭇거리며 시선을 떨어뜨리고 있는데,

"편지를 하겠어요?"

주소를 알려주겠다고 그녀가 말했다. 어깨가 처진 우

리가 보기에 딱했던 모양이었다. 그녀는 수녀원 주소를 적은 종이쪽지를 건네주었다. 우리는 한참이나 더 머뭇거리고 있다가 돌아섰다.

"왜 하필 수녀원으로 갔지?"

지수가 혼잣말로 화를 내는 것이었지만,

"이제 어쩌지?"

나는 맥이 풀려 주저앉고 말 것만 같았다.

다음 날, 지수와 나는 작은 배낭을 하나씩 메고 출발했다. 우리는 침묵에 잠겨, 서로의 시선을 피하며 창밖만 내다보고 있었다. 버스는 남해안 바닷가에 있는 소도시로 우리를 데려갔다. 수녀원까지는 좀 먼 거리여서, 어떤 사람은 십 리가 넘을 거라 했고, 어떤 사람은 이십 리쯤 될 거라고 했다. 그런데 그곳으로 가는 차편조차 없었다. 우리는 비포장도로를 한 시간쯤 걸어, 정오가 가까울 무렵 수녀원 문 앞에 도착했다.

"무슨 일이지?"

정문지기는 머리가 벗겨진 오십대의 남자였다. 무슨 일로 찾아왔느냐고 그가 물었다. 선생님을 만나러 왔다

고 지수가 대답하자,

"선생님?"

그의 태도가 돌변했다.

"수녀원에 무슨 선생님이야?"

"그러니까, 저, 저…."

"이 친구들, 수상하군."

정문지기가 거침없이 말했다. 그렇지만 자기를 설득할 수 있으면 수녀님을 만날 수도 있을 것이라고 그는 고쳐 말했다. 우리는 그가 농담을 하고 있다고 생각했다. 농담이 아니라면 그렇게 말할 사람이 없을 것이었다. 그러나 그게 아니라는 사실이 곧 드러났다. 지수가 전후 사정을 설명했지만 그는 꿈쩍도 하지 않았다. 돌아가라는 뜻으로 강하게 손을 내저었을 따름이었다. 돌아가지 않으면 경찰이 오고, 그러면 우리는 며칠 구치소에 가 있게 될지도 모른다는 것이었다.

"왜죠?"

지수가 대들었지만 허사였다. 둘이서 짜고, 수녀를 성폭행이라도 하러 왔는지 누가 아느냐고 정문지기가 말하는 것이었다.

"뭐, 뭐, 뭐요?"

수습 불능이었다.

"그, 그, 그것이….."

지수는 심하게 더듬거렸다. 나는 벌겋게 달아오른 그의 등을 밀었다. 정문지기가 일부러 우리의 부아를 돋우고, 약을 올렸음이 분명했다. 아니, 면회는 애초부터 불가능한 일이었을지도 모르는 일이었다. 그것을 생각하자 더욱 화가 치밀어 오르는 것이었지만, 그렇다고 될 일이 아니었다. 오후의 따가운 햇살이 벌써 사정없이 우리의 이마와 잔등을 불태우기 시작했다. 여름이 막바지를 향해 달아나고 있었다. 우리는 먼지를 뒤집어쓰고, 온몸이 땀에 젖어 포구에 도착했다.

"개새끼!"

지수는 정문지기에게 계속 화를 내고 있었다. 우리는 자포적인 심정으로 포장마차의 문을 밀었다. 그리고 소주를 불러 무턱대고 한 병씩 비웠다. 술은 식도를 할퀴며 내려가 위장 속에 날카롭게 자리를 잡았다.

"씨팔, 술은 안 되겠어!"

우리는 포장마차에서 나왔다. 정류소로 갔지만 돌아가는 버스는 세 시간 뒤에 있었다. 지수와 나는 포구를 배회하다가 마을 뒤 야트막한 언덕으로 올라갔다. 식민지 거리처럼 을씨년스러운 포구 풍경이 눈앞에 전개되었다. 포구 너머로 희뿌옇게 빛나는 수평선이 보였다.

"한숨 잘 테니, 깨워 줘."

언덕에 누워 지수는 눈을 감았다.

"진짜 잠들어버릴지도 몰라!"

나는 팔베개를 하고 누워서 하늘을 쳐다보았다.

구름에 관한 글이나 사진에서 본 적은 있지만, 그것을 내 눈으로 직접 목격하게 될 줄은 몰랐다. 그것은 먼바다 너머 발달하고 있는 적란운이 노을을 받아 붉게 물든 모습이었다. 지열로 뜨거워진 공기가 상승기류를 타고 오르면서 발달한 적란운은 엄청난 에너지를 품고 있기 때문에, 그 아래서는 세찬 폭풍우가 생기고 천둥과 번개가 친다. 멀리서는 평화롭게 보이지만 그 밑에서는 어둠 속에서 거센 비바람과 천둥 번개를 경험하게 되는 것이다. 특히 성층권과 대류면의 경계에서 옆으로 퍼져나간 구름 꼭대기가 대장장이의 모루처럼 생겼다고 하여, 그것을 '모루구름'이라고도 한다. 내가 그때 본 것이 바로 그 적란운이었다. 지수의 집에 처음 갔던 날, 하늘을 가로지르는 아름다운 비행운을 쫓아버리고 세찬 비를 몰아왔던 그 적란운의 출현이었다. 거리가 멀어 우렛소리는 들리지 않았지만, 우리는 하늘을 가르는 번개 불빛을 오래 지켜보고 있다가 그 자리를 떠났다.

2

졸업 무렵이 되자, 나는 두 개의 길이 눈앞에 놓여 있는 것을 보았다. 그것은 내가 꿈꾸고 있었지만 아직 가보지 않은 길이었다. 나는 친구들이 대부분 가는 대학 대신 군대를 택하기로 마음먹었다. 지난해 가을에 치른 대학수학능력시험에서 나는 예상치 못한 점수를 받았다. 그렇다고 심하게 낮은 것도 아니어서, 욕심을 내지 않으면 보통으로 그럭저럭 대학에 갈 만한 점수였다. 하지만 나는 이미 심한 무력감에 빠져 있었다. 시작하기도 전부터 나는 내 인생의 진로가 크게 구부러지고 있다는 생각이 들었다. 대학에 가지 않으면 길을 찾기가 더욱 어려워진다는 사실을 모르고 있었던 것은 아니었다. 그런데 대학 진학을 포기하기로 마음을 먹자마자 눈앞에 그렇게 빨리 위기가 닥쳐오리라고는 일찍이 생각해 본 적이 없었다.

"그런데 너는 진학을 포기하겠다고?"

담임교사가 비웃는 어조로 말했다.

"부모님과는 의논해 봤니?"

아뇨, 라고 나는 대답했다.

나는 부모님과 그런 이야기를 나눈 적이 없었다.

아버지는 평범한 지방대학 교수였다. 그런데 무슨 이유에서였는지 아버지는 어느 날 갑자기 정치판에 발을 들여놓기로 결심하였고, 때마침 국회에서 통과된 지방자치법 시행과 함께 치른 시의회 의원선거에 출마하여 당선하였다. 그리고 처음 구성된 시의회에서 의장으로 선출된 뒤에는, 지역사회에 널리 이름이 알려진 정치인이 되었다. 이번에는 초대 민선시장 선거에 입후보하여, 중앙 정계로 진출하려는 새로운 야망을 불태우고 있는 중이었다. 시장에 당선되기만 하면 그것이 국회로 진출하는 빛나는 교두보가 될 것임은 누구의 눈에도 확실한 것으로 보였다.

　그런데 나는 아버지에 대하여 제대로 아는 것이 없었다. 무엇이 아버지를 바람 부는 광야와 같은 정치판에 뛰어들게 하였는지는 더욱 알 수가 없는 일이었다. 그때까지 나는 코흘리개 어린애나 마찬가지였고, 아버지와 아들의 관계이면서도 우리는 정식으로 얼굴을 마주하고 대화를 나눌 기회가 없었기 때문이었다. 그런데 더욱 나빴던 것은, 우리에게는 허락된 시간들이 너무 짧았다는 것이었다. 아버지는 시장에 당선되고 나서 어머니와 이혼한 얼마 뒤에, 그러니까 내가 제대하여 돌아온 지 1년쯤 지난 어느 날 새벽, 시장관사 어두운 거실에 나와 소파에 머리를 기대고 누워 있다가 심장마비로 갑자기 세상을 떠나고 말았다.

　장례가 끝난 뒤에, 나는 아버지의 유품을 정리하다가 신문기사 등을 스크랩해 둔 노트를 발견하였다. 아버지는 생전에 그것을 매우 소중하게 여기셨던지, 다른 서류들과 함께 단단히 보관해 두셨다. 서류들, 일기나 메모 같은 사사로운 것들 속에 그 스크랩 노트가 끼어 있었다. 그 중에서 나는 몇 개의 글을 골라 읽은 뒤에야 아버지의 어떤 생각들, 혹은 인간에 대하여, 혹은 세상에 대하여, 혹은 평범한 지방대학 교수직을 벗어던지고 어느 날 갑자기 정계에 발을 들여놓기로 결심하게 된 전말을 어렴풋이나마 짐작할 수 있게 되었으니….

바야흐로 한 세기가 저물어가고 있다.

그러나 세기말의 어두운 하늘에는 정치적 냉소주의와 허무주의의 유령이 배회하고 있을 따름이다. 민주주의는 퇴보하고, 세기말의 징후는 세계 곳곳에서 그 음울한 모습을 드러내고 있다. 선거를 통한 새로운 형태의 독재가 나타나고, 독재자들은 부정부패와 경제난에 시달리고 있는 국민들을 선동하여 포퓰리즘 정책을 남발한다. 선거 전에 이미 유력한 야권 인사들을 체포하여 선거에 나오지 못하도록 압력을 행사하는 일이 벌어지고, 어떤 나라에서는 투표가 끝난 뒤에도 개표 현황을 발표하지 않는다. 그러나 국민들은 의식주 문제만 해결해 주면 비민주적 정부가 들어서도 괜찮다고 생

각한다. 민주주의가 이렇게 무너지고 있는데도 그
것을 항의하고 비판하는 사람이 없다. 민주주의의
가치는 '자유'와 '평등'에 있다. 자유는 본래 외세
의 지배나 독재자의 압제에서 벗어난 상태를 가리
키는 정치적 가치를 말한다. 그것은 타자의 강제와
간섭에 구속되지 않는 자기 결정의 자유, 즉 '자율
(autonomy)'을 뜻한다. 물론 이런 뜻의 자유는 '평
등(equality)'과 뗄 수 없는 관계에 있다. 타자와의
동등한 관계에서 권리를 행사할 수 없는 한, 자율
로서의 자유는 빈껍데기에 불과한 것이기 때문이
다. 그러나 한 세기가 끝나가고 있는 지금, 인류가
추구해 온 자유와 평등은 심각한 위기에 직면해 있
다. 우리는 '똑같은 것을 똑같은 사람들과 똑같지
않은 사람들에게 똑같이 나눠주는 형태의 자유와
평등'에 심각한 의문을 갖는다. 똑같은 사람들에게
똑같지 않은 권리를 부여하는 사회나, 똑같지 않은
사람들에게 똑같은 권리를 부여하는 사회나 불공
정하기는 마찬가지다. 이 심각한 불평등과 불공정
이 정치적 허무주의와 냉소주의를 낳는다. 우리는
이제 국가의 모든 구성원에게 똑같은 권리를 부여
하고, 각 구성원의 역량과 기여를 존중하면서 권리

에 차이를 두어야 할지를 따져 실행하는 균형 감각
에 대하여 분명한 대답을 해야 한다. 두 가지 평등
의 원칙, 즉 산술적 평등과 비례적 평등의 원칙 가
운데 어느 하나가 없으면 상호 공정은 무너지기 때
문이다. (후략)

어머니는 중학교 국어교사였다.

내가 공군에 입대할 무렵, 어머니는 명예퇴직을 신청
해 놓고 기다리고 있었다. 시장 선거에 출마한 아버지를
돕기 위한 것처럼 보였지만 사실은 그게 아니었다. 어머
니는 오래전부터 앓고 있던 갑상선 항진증이 하루가 다
르게 악화되고 있던 중이었다. 어머니는 그때 이미 요양
원으로 떠날 준비를 하고 계셨던 모양이었다. 실지로 어
머니는 내가 입대한 지 얼마 지나지 않아, 남해안 바닷가
에 있는 어느 요양원으로 떠나셨다. 그런데 요양원에 가
신 뒤에 건강이 더욱 악화되었다. 갑상선에 침투한 균종
이 임파선을 타고 이리저리 돌아다니다가 담낭 벽에 달
라붙은 것이었다.

그것은 아버지가 초대 민선시장에 당선된 뒤였고, 내

가 입대한 지 1년쯤 지난 뒤에 일어난 일이었다. 그러므로 사건의 진행 순서에 따라, 여기서는 그 이야기를 조금 더 뒤에 들려주게 됨을 양해하여야 한다. 어쨌든 나는 공군에 입대한 뒤에, 신병학교에 입소하여 그곳에서 8주간의 기초 군사훈련과 특기 교육을 받고 부대 배치를 받았다. 부대는 서해안 군사분계선에서 가까운 어느 외딴 섬에 있는 레이더 기지였다. 나는 레이더 정비병으로 근무하면서, 그곳에서 '지옥에서 보낸 한 철'과 같은 십대의 마지막 날들을 보내고 있던 어느 날, 어머니의 편지를 받았다.

　　아들아, 떠나기 전에 쓴다.
　　나는 지금 천천히 소멸해가고 있다. 그러나 나는 소멸해가는 것을 슬퍼하고 있는 것이 아니다. 내 몸이 간직하고 있는 수많은 기억들, 이른 봄 대지를 물들이는 연둣빛 신록, 여름날 소나기에 씻긴 갈맷빛 산자락, 초추의 양광, 소나무 숲에 이는 바람 소리, 주택가의 오래된 아스팔트, 나귀가 방울을 딸랑거리며 돌아오는 호젓한 산길, 발가락을 간

질이며 빠져나가는 바닷가 모래의 감촉, 따뜻한 바닷물에 몸을 적시는 순간의 행복감…. 이것들은 내 몸이 간직한 오래된 기억들이다. 하지만 나는 이제 그것들이 내 몸에서 천천히 소멸해가고 있음을 느낀다. 기억은 사라져가고, 그 빈 곳을 공허가 채우고 있다. 젊은 날에 읽었던 명작들, 그 속에 깃든 불멸의 영혼들, 『이방인』에서 뫼르소으로 하여금 아랍인을 쏘게 했던 지중해의 찬란한 햇빛, 도스토에프스키의 주인공들이 고뇌하며 배회하던 러시아의 우울한 도시들, 인생을 커피 스푼으로 되질해 나누는 사람들의 실루엣이 어른거리는 T.S 엘리어트의 『황무지』, 에밀리 브론테의 사철 바람 부는 『폭풍의 언덕』, 윌리엄 포크너의 가상의 도시 요크나파토파 군의 『가문 9월』, 카프카가 『변신』에서 묘사한 기괴한 현실, 고래들이 거친 숨을 내뿜는 『백경』의 위험한 바다…. 그것들 또한 내 몸에 들어온 오래된 기억들이다. 그런데 나는 이제 그 기억들이 내 몸에서 점차 소멸해가고 있음을 느낀다. 소멸해간다는 것…, 망각의 밤이 찾아오리라는 것…, 그것을 더욱 견고한 어둠이 휩싸리라는 것…, 아들아, 떠나기 전에 이렇게 쓴다. 나는 그 예감들이 두려운 것이다.

어머니, 어머니….

나는 군용침대 속에서 밤새 뒤척거렸다.

아버지는 일제강점기 끝자락에 태어났고, 어머니는 한국전쟁이 시작되던 그해 여름에 태어났다. 성장한 뒤에야 나는 두 분의 생애가 처음부터 그렇게 궁핍과 비참과 상실 속에 시작되었음을 알았다. 아버지는 그 결핍을 해소하기 위해 투쟁하고 있었고, 어머니는 혼자서 끝없이 그 상실을 슬퍼하고 계셨는지도 모르는 일이었다. 그렇지만 그것 또한 추측에 불과한 것이었으니, 왜냐하면 나는 두 세대 사이에서 태어난 또 하나의 다른 세대일 수밖에 없었기 때문이었다. 그러므로 우리는 이전에 만난 적도 없이, 혹은 어쩌면 만나게 되리라는 희망도 없이, 광대무변한 하늘의 이쪽과 저쪽에 떨어져 흘러 다니는 한 조각 구름 같은 존재들이었는지도 모르는 일이었다. 더구나 그 무렵의 나는 너무 어렸고, 우선은 눈앞에 닥친 현실을 타개하지 않으면 안 되는 조바심에 쫓기고 있었다. 대학과 군대 중에서 하나를 택해야 하는 현실적인 문제가 눈앞에 가로놓여 있었기 때문이었다. 나는 그 문제를 의논하기 위해 지수를 만나러 갔다.

"나는 군대에 가기로 했어."

그런데 그 애는 아무렇지도 않게 말했다.

"공군에 입대할 생각이야. 공군은 지원병 제도니까 지원서를 내고 시험을 봐야 해. 너도 갈래?"

다음 날, 우리는 공군모병관실 문을 두드렸다.

"자네들은 우선 지원서를 내야 해. 그러고 나서 시험을 봐야 해. 이것은 대한민국 공군의 유구한 전통이야."

모병관실에서 만난 중사도 같은 말을 했다.

우리는 지원서를 제출하고 시험을 보았다. 시험은 객관식이었지만 몇 개는 주관식으로 대답해야 할 문제도 있었다. 그 중에 기억되는 것은, 백제 멸망 뒤에 부흥운동을 일으킨 어떤 장군에 관한 문제였다. 나는 금방 '흑치상지黑齒常之'라는 이름을 기억해 냈지만, 무슨 이유에서인지 지수는 그 문제를 맞히지 못하고 말았다. 그는 '을파소乙巴素'라고 대답했는데, 을파소는 백제인이 아니라 고구려 사람이었다. 결국 그 문제 하나 때문에 그는 공군 지원병 시험을 통과하지 못하고 말았다. 잃어버린 왕국의 부흥에 몸을 던졌다가 실패한 검은 이빨의 사나이 흑치상지는, 천년 뒤에 새로운 길을 찾아보려 했던 젊은 친구의 행로를 바꿔놓고 말았다.

"이제 어쩌지?"

지수는 이만저만 낙담이 아니었다.

"그렇지만 괜찮아."

그는 곧 기운을 회복했다.

"시간이 나에게 호의를 베푼다면…."

지수는 어머니가 굿을 하러 나가는 날이면, 자기는 혼자 방바닥에 엎드려 소설을 쓰겠노라고 말했다. 실지로 내가 공군에 입대한 뒤에, 레이더 기지가 있는 그 섬의 안개에 갇혀 황폐한 날들을 보내고 있는 동안에, 그는 어느 이름있는 문예지 신인문학상에 당선하여 작가가 되었다. 그것은 그의 숨은 재능에 대하여 한 가닥 의심의 눈초리를 던지고 있던 많은 사람들의 입을 일시에 닫아버리게 한 경이로운 일이었다. 그러나 아직은 먼 뒷날의 일이었으므로, 이 이야기를 하기 위해서는 시간이 조금 더 필요함을 양해하여야 한다. 어쨌든 나는 입대를 언제까지 비밀로 해둘 수가 없었다. 입영통지서를 서랍에 넣어두고 며칠 뭉그적거리다가, 나는 입대 며칠 전에야 그것을 꺼내 부모님에게 보여드렸다.

"군대에 간다고?"

아버지가 말했다.

"응, 그래, 어쩌다 제법 용한 생각을 했구나. 대학은 제대한 뒤에 가도 늦지 않겠지. 하지만 그때도 성적이 신통찮으면 대학은 국물도 없을 테니 그리 알아라!"

시장 선거가 막바지를 향해 치닫고 있어서, 아버지는 아들의 입대쯤 안중에도 없는 것처럼 보였다. 나는 갈수록 약해지는 어머니를 두고 떠나야 한다는 사실이 괴로웠지만 어쩔 수 없는 일이었다. 어머니는 내가 내미는 입영통지서를 보고 슬퍼하셨다.

"군대에 안 가면 안 되니?"

그러면 탈영병이 되는 것이라고 나는 말했다.

"그러나 너는 아직 어리잖니?"

그렇지만 군대에서도 받아주는 나이가 되지 않았느냐고 나는 반문하려다가 그만두었다.

"날개가 돋기도 전에 너는 혼자서 날아갈 생각부터 하는구나."

슬픔이 목구멍을 쑤시고 올라왔다. 어머니의 말대로, 나는 내가 열아홉 살 어린 나이에 혼자서 왜 그런 결심을 해버렸는지 알 수가 없었다. 무리에서 떨어져 나와, 나는 외톨이가 되어 혼자 비상할 궁리를 하고 있었던 것일까. 혹은 군대가 나에게 이제까지 경험한 적이 없는 미지의 세계의 문을 열어주리라 기대하고 있었는지도 모르는 일이었다. 불안하고 혼란스러웠지만, 나는 작별 인사를 하고 서둘러 집을 나섰다.

"잘 마치고 올게요."

*　*　*

군대의 일들은 그렇게 시작되었다.

처음에 나는 그 부대가 섬에 있다는 사실조차 알지 못

했다. 나는 공군에 입대하여 8주간의 기초 군사훈련을 받은 뒤에, 다시 통신학교에 입교하여 레이더 정비교육을 받았다는 사실은 앞에서 얘기한 그대로였다. 거미줄같이 가늘고 복잡하게 얽힌 레이더 회로를 추적해 가는 그 진력나는 통신교육은 여름이 지나서야 끝이 났다. 교육을 마치고 근무지로 배속되는 전출명령서를 수령하러 가자, 대대본부에서 서류를 챙겨 주던 담당 하사관이 나에게 그 사실을 알려주었다. 내가 근무하게 될 부대는 서해안 비무장지대에서 가까운 어느 외딴섬에 있는 레이더 기지였다.

"꽤 먼 섬이야."

그가 말했다.

"그 섬까지 왕래하는 여객선이 있긴 해. 그러나 공군에서는 비행기를 이용하게 돼 있어. 그러나 비행기를 타기 전에 잘 대비해 두지 않으면 안 돼. 그곳의 활주로가 다른 비행장과는 다르기 때문이야."

하사관은 나에게 그것을 자세히 설명해 주었다.

그 섬에 있는 비행장은 특이하게 활주로가 백사장으

로 되어 있다는 것, 백사장은 바닷물이 밀면 사라졌다가 썰물 때가 되면 드러나는데, 그러나 그 모래밭은 활주로 역할을 하기에 충분한 것이어서 비행기 이착륙에는 아무 지장이 없다는 것, 그러므로 썰물 시간대에 맞춰 편성된 비행기 출발시간은 들쭉날쭉 대중이 없기 마련이어서, 출발시간을 미리 숙지해 두지 않으면 낭패를 보게 된다는 것 등이 그가 강조해서 들려준 주의사항들이었다. 비행기는 프로펠러로 가는 낡은 수송기였다. 미군들이 2차 대전 때 쓰던 것이었다. 나는 보급품을 쑤셔 넣은 도망백을 메고 비행기에 올랐다. 한 시간쯤 지난 뒤에 백사장에 내리자, 멀리 물러나 있는 바다로부터 격심한 입김이 실려 왔다. 소금기와 오존 냄새를 실은 눅눅하고 차가운 바람이었다. 그것들이 피부밑에 잠든 세포들을 하나하나 선득한 감촉으로 깨워 놓았다.

"비행기에서 내리면 부대까지 가는 스리쿼터가 있어. 그걸 타야 해. 놓치면 걸어가야 해."

담당하사관이 일러준 대로, 대기하고 있는 스리쿼터에 오르자 장교 한 명과 병사 5,6명이 내 뒤를 따라 우르

르 차에 올라탔다. 그들은 처음 보는 나를 흘끔거리며 쳐다보았다. 곁에 있는 병사가 나에게 새로 전입해 오는 것이냐고 물었고, 나는 그렇다고 대답했다. 스리쿼터는 먼지가 자욱하게 이는 비포장도로를 달려, 반 시간쯤 뒤에 부대에 도착했다.

"여기가 우리 부대야."

옆자리 병사가 설명해 주었다.

"우선 대대본부에 가서 전입 신고를 해."

부대는 산을 등진 깊숙한 골짜기에 있었다.

정문에서 위병소를 지나면 대대본부가 나타나고, 대대본부 옆에 헌병대 경비반이 자리 잡고 있었다. 경비반 옆에는 차들이 들락거리는 수송반이 있었고, 수송반 옆에는 시설반, 시설반 옆에는 보급반, 보급반 옆에는 통신반이 자리 잡고 있었다. 대대본부 뒤쪽에는 병사들이 기거하는 내무반이 있었는데, 내무반의 낡은 바라크 건물들은 내가 옛날 영화에서 보았음 직한 2차 대전 당시의 미군 부대를 연상시켰다. 그리고 내무반 뒤쪽으로는 급양반 사병식당 주보 당구장 장교숙소 교회 등이 차례로 자리 잡고 있었다. 빈터를 깎아서 만든 작은 운동장에서 병사들이 농구를 하고 있었다.

"전입 신고는 이것으로 끝났어."

대대본부에서 서류를 검토하던 행정병이 나에게 자세히 설명해 주었다.

"이젠 정비중대 내무반으로 가봐. 거기가 네 소속이야. 내무반에 가서 전입 신고를 하면 그것으로 끝이야."

첫날은 그렇게 시작되었다.

나는 배정된 정비중대 내무반으로 가서, 목청껏 소리를 질러 전입 신고를 마쳤다. 내무반은 가운데 통로 좌우에 군대용 간이침대가 열두 개씩 놓여 있고, 중앙에 난로가 놓여 있었다. 아직 이른 가을인데 난로에서는 벌겋게 불이 타고 있었다. 안개가 많은 섬이어서, 내무반에 가득 찬 습기를 몰아내기 위해서는 그것이 최선의 방법이라는 사실을 나는 나중에 알았다.

안개로 말하자면, 그것은 그 섬의 독특한 자연현상 가운데 하나였다. 안개는 계절을 가리지 않았다. 겨울에도 기온이 오르면서 바다로부터 눅진한 해풍이 불어오면,

그 뒤에 어김없이 짙은 안개가 몰려왔다. 아침에 일어나 보면, 그것은 견고한 단절감으로 섬을 에워싸고 있었고, 부대를 에워싸고 있었고, 사람과 사람들 사이를 에워싸고 있었다. 태양은 둥근 원반처럼 허공에 매달려 있다가 가뭇없이 안개 속으로 사라지곤 하였다. 안개가 섬을 에워싸고 있으면, 옷에도 군화에도 침대에도 곰팡이가 슬었다. 지상의 모든 것들이 그 안개 속에 풍화되어 사라져가는 것 같았다.

"여기가 네 자리야."

나는 출입구에서 가까운 침대를 배정받았다.

레이더 사이트는 해발 7백 미터쯤 되는 산꼭대기에 있었다. 사이트에 오르면 사방에 펼쳐진 바다가 보이고, 바다 건너 북녘 해안포대가 보였다. 사이트에 설치된 방위측정 레이더와 고도측정 레이더는, 한반도는 물론이려니와 만주의 하늘까지 커버하는 첨단 장비였다. 레이더에서는 하루종일 수만 볼트 고압전류가 흐르는데, 그 소리는 나에게 항상 찍찍거리는 쥐들의 비명소리를 연상시켰다. 근무는 2개 조로 운영되고 있었다. 부대에서 아침근무조가 올라오면, 야간근무조는 내무반으로 내려가 잠을 잤다. GMC 한 대와 소형 스리쿼터 두 대가 교대로 근무병들을 실어 날랐다. 산비탈을 깎아 만든 도로는 경사가 가팔라서, 험하고 구불구불하고 아슬아슬했다. 실지로 GMC 한 대가 절벽 아래로 굴러 많은 사상자를 낸 적도 있었다. 신참 운전병이 배속돼 오면, 그는 겁에 질려 벌벌 기다시피 차를 몰았다. 그러면 뒤에 타고 있는 고참병들이 소리를 질렀다.

"야, 임마, 빨리 가지 못해!"

운전병이 익숙해지면, 뒤에 타고 있는 고참병들이 번갈아 또 소리를 지르는 것이었다.

"이 새끼야, 천천히 가지 못해!"

일과가 끝나면, 대대본부 앞 공터에 모여 점호를 받았다. 중대마다 인원을 파악하여, 휴가나 외박으로 결원된 숫자를 보고하는 절차였다. 물론 갈 데가 마땅치 않은 섬이었으므로, 허가 없이 부대 밖으로 나가는 경우는 거의 없었다. 그러나 군대란 머릿수 확인이 중요한 것이므로, 인원 파악을 하는 데는 늘 시간이 걸렸다. 점호를 받고 있으면, 바다 건너 북녘 해안포대에서 쏘아 올리는 서치라이트가 밤하늘을 수놓았다. 엄청나게 밝고 강렬해서, 그것은 이쪽에 숨어 있는 것들을 샅샅이 찾아내 공격할 수도 있다고 장담하고 있는 것처럼 보였다. 당직사관은 그것이야말로 의문의 여지가 없이, 우리가 처한 현실을 생생하게 보여주는 것이라고 강조하였다.

"말하자면, 우리는 지금 이런 식으로, 세계에서 유례가 없는, 분단의 한가운데를…."

김 소위, 그는 임관한 지 얼마 되지 않은 신참 장교였다. 그러나 그는 평화시의 군대가 갖기 쉬운 타성, 무기력과 부패의 늪에 아직 발을 들여놓지 않은 순결한 젊은이였다. 그러므로 점호시간에 행하는 그의 과장된 훈시가 실상은 어떤 종류의 애국심의 발로라는 사실은 의심할 필요가 없는 일이었다. 그러나 고참병들은 뒤에서 킥킥거리며 비웃었다. 어쨌든 김 소위에 관한 일화가 몇 가지 더 있는데, 그러나 여기서는 그 중에 어떤 사건 하나를 먼저 소개하게 됨을 양해하여야 한다. 그의 결혼에 관한 일이다. 그런데 그 일이 있기 전에, 내무반에서 어떤 사건 하나가 발생했다는 사실을, 또한 여기서 먼저 얘기하게 됨을 양해할 필요가 있다.

그 당시, 나에게 기묘한 군대 생활의 이미지를 심어준 그는, 내무반장은 중사 진급을 눈앞에 두고 있던 고참 하사였다. 뱀같이 흐늘거리는 그를 모두 싫어했다. 그는 아침에 일어나자마자 턱 언저리의 무성한 수염을 깎는 일로부터 하루를 시작하였다. 그러나 푸르스름한 면도 자국은 언제 보아도 불결한 인상을 주었다. 일과가 끝나면, 그는 주보에 가서 혼자 술을 마셨다. 그리고 내무반으로 돌아와서는, 기르고 있는 개에게 수음을 시켰다. 개는 허리를 구부리고 헐떡이다가 몸을 비틀며 사정을 했다. 그때마다 개의 혀가 깃발처럼 나부끼는 것이 보였다. 강렬한 혐오의 표정을 짓는 것이었으나, 누구도 나서서 그것을 제지하지 못했다.

"야, 이 새끼야, 일어나!"

어느 날, 술에 취한 그가 내무반에 들어와 다짜고짜 소리를 질렀다. 그는 야간근무를 마치고 돌아와 자고 있는 신참 하사에게 찬물을 퍼부었다. 대야째 찬물을 뒤집

어쓴 하사가 일그러진 얼굴로 침대에서 일어났다. 그것은 눈 깜짝할 사이에 일어난 일이었다.

"살인이야!"

하사가 사물함에 숨겨둔 칼을 꺼내 휘둘렀다. 그는 제정신이 아닌 것 같았다. 내무반장이 소리를 지르며 도망쳤지만 허사였다. 아침 햇빛을 반사하던 칼끝이 내무반장의 어깨에 꽂혔다. 난로 주위에 모여 있던 병사들이 놀란 물고기 떼처럼 흩어졌다. 잠시 후에 그들이 우우 달려들어 두 사람을 떼어놓았다.

"이 새끼가 나를 찔렀어!"

내무반장이 팔을 움켜쥐고 아우성쳤다. 칼에 찔린 군복 위로 선홍색 피가 비쳤다. 칼은 이미 바닥에 떨어진 뒤였다. 그 순간, 김 소위가 헌병을 데리고 급히 달려왔다. 대대본부에 누가 신고를 한 모양이었다.

"뭐야! 체포해!"

야간 점호 때 늘어놓던 요령부득의 훈시와는 다르게, 김 소위는 뒤따라온 헌병에게 단호하게 명령했다.

"본부로 데려가!"

헌병이 내무반장의 팔을 붙들었다.

"놔! 놔! 놔! 놓지 못해!"

내무반장은 끌려가면서 소리를 질렀지만 허사였다. 그는 헌병대 영창에 갇히고, 며칠 뒤에 다른 부대로 전출되었다.

"개새끼!"

누구나 그를 욕했지만, 그러나 단조롭고 무미건조한 병영 생활을 일거에 휘저어 놓은 사건은 오히려 그 다음에 일어났다. 군청색으로 일렁이던 여름 바다에 침착한 가을볕이 내려앉기 시작하던 어느 날이었다. 대대 유선망을 통하여, 부대 전체에 난데없는 김 소위의 결혼 소식이 발표되었다. 그것은 모두 잠든 한밤중에 느닷없이 울려 퍼지는 비상 사이렌만큼이나 요란하게 부대 안을 휘저어 놓았다. 그런데 더 놀라운 일은, 신부가 전화교환실에서 근무하는 교환수라는 사실이었다.

"뭐야? 김양?"

모두들 깜짝 놀란 얼굴이 되었다.

"걔가 김 소위와 결혼한다고?"

설명해도 믿기 어려운 일들은 그렇게 시작되었다.

김 소위는 그날 대대본부 소속 기관들을 순시하고 있던 중이었다. 행정장교로 부임하면 통상적으로 수행하는 업무였다. 그런데 통신반 전화교환실에 들어서자, 교환대 앞에 앉아 있던 김양이 고개를 돌려 그를 바라보았다. 그 순간, 생애 처음으로 마주친 그 눈길에 김 소위는 후르르 가슴이 떨렸다. 그녀는 쳐다보는 눈매가 너무나 고왔고, 전화기를 쥐고 있는 통통한 팔은 분홍빛으로 빛났다. 웃음기를 머금은 치아의 열은 고르고, 윤기 흐르는 검은 머리칼 사이로 드러난 목은 눈이 부시게 희었다. 그 순간, 잘생긴 콧구멍이 약간 발름했는데, 그것은 그녀가 몹시 긴장했던 탓이었다. 그 모든 것들이 달려들어 김 소위의 젊은 넋을 빼앗아 가버렸다. 전광석화같이 일어난 그 일들은 불가사의한 운명의 유희인 것처럼 보였지만, 그러나 그 뒤에 일어난 일련의 사건들로 보건대, 그것은 조금도 이상한 일이 아니었다.

신랑 : 김철수, 신부 : 김영희

일시 : 9월 19일 (금요일) 오후 1시

장소 : 공군 제00부대 교회

이 청첩장이 각 중대에 배포되었다.

얼마나 빠르게 진행되었는지 모두들 놀란 입을 다물지 못했다. 때마침 상급부대인 K비행단에서는 예하부대와 현지 주민과의 상호교류를 적극 추진하는 사업을 전개하고 있던 중이었다. 그러므로 현지 처자와 예하부대 장교와의 결혼은 그 취지에 너무나 잘 들어맞는 것이었고, 부대가 창설된 이래 처음 있는 일이었으므로, 비행단에서는 신랑 부모와 하객들을 위하여 특별 수송작전을 전개하였다.

결혼식 날, 수송기 한 대가 그들을 실어 왔다.

그런데 비행기에서 내린 신랑 아버지는 뜻밖에도 두루마기를 단정하게 차려입은 시골 노인이었다. 김 소위를 환갑에 낳았다는 후문이 있었을 정도로 나이가 들어 보여서 모두들 또 한 번 놀랐다. 그런데 그는 생전 처음 접하는 낯선 풍경에 겁을 먹었는지, 매사에 필요 이상으로 엄숙한 얼굴을 하고 있어서, 보는 사람들의 웃음을 자아냈다.

"어서 오십시오. 먼 길을 오시느라⋯."

대대장이 그들을 맞이했다.

그는 자기의 전용 지프에 그들을 태우고 부대로 돌아왔다. 예식 시간이 가까워지자 대대본부는 임시로 문을 닫았고, 장교와 병사들은 끼리끼리 모여 시끌벅적 떠들어 대면서 교회로 갔다. 그들은 교회 안으로 들어가 자리를 잡거나, 문 앞에 모여 예식이 시작되기를 기다리고 있었다. 주례를 맡은 대대장이 도착하면 곧 예식이 시작될 참이었다. 그런데 그 직전에 뜻밖의 사건이 일어났다. 처음에는 영문을 모르는 채, 그들은 다만 어리둥절한 눈으로 그것을 쳐다보고 있었을 따름이었다. 중사 계급장을 단 누군가가 들이닥치더니, 입구에서 갑자기 소란을 피우기 시작한 것이었다.

"그러니까 저 여자는⋯."

소리치려고 하였지만, 그는 다만 여기까지 외쳤을 따름이었다. 식장을 경비하고 있던 헌병들이 그를 채가듯 데려갔다. 신부가 자기의 애인이었다는 사실을 알리려 했던 중사는 어떻게 되었는지 알 수가 없었다. 종잡을 수 없는 소문들만 뒤에 남겨둔 채로였다.

"둘이 좋아했던가 봐."

두 사람은 원래 그 섬 출신이고, 동거하고 있는 사이라는 소문도 있었지만 확인된 것은 아니었다. 어쨌든 결혼식은 예정대로 진행되었고, 대대장은 그것으로 영예로운 비행단장 표창을 받았다. 그러나 아무리 전무후무한 일이었을지라도, 부대를 휘저어 놓은 그 사건은 그것으로 끝나고 말았다. D데이가 따로 없는 병영 생활은, 그러므로 여전히 단조로운 일상의 연속이었을 따름이었다. 어쩌다 일요일에 외출이라도 나가면, 섬에 하나밖에 없는 다방에 죽치고 앉아 있거나 텅 빈 바닷가를 어슬렁거리는 수밖에 다른 방법이 없었다.

그러던 어느 날, 나는 가을볕이 하얗게 내리고 있는 들판길을 혼자 무작정 걸어 바닷가로 나갔다. 야트막한 등성이를 넘어가자, 바닷가에 돌아앉은 작은 마을이 나타났다. 낡은 집들이 10여 채 띄엄띄엄 떨어져 있는 황량한 마을이었다. 사람들이 떠나버린 듯 인기척이 없었고, 아이들 울음소리는 물론 골목길을 내달리는 아이들도 찾아볼 수가 없었다. 나중에야 나는 그것이 실향민 마을이기 때문이라는 사실을 알았다. 그들은 한국전쟁 때 고향을 떠나 바다를 건너와서, 천신만고 끝에 그곳에 정착한 사람들이었다. 나는 지금부터 이야기하려는 이장을 그 마을에서 만났다.

"여름이면 이곳에 메뚜기 떼가 엄청 몰려와요."

이장이 그 이야기를 들려주었다.

"어디서 그 많은 메뚜기들이 몰려오는지 아무도 몰라요. 나는 그것을 이용할 방법이 없을까 오래 궁리했죠. 그러자 메뚜기를 잡아 그것으로 닭을 키우면 어떨까 하는 생각이 들더군요."

우리는 몇 번 만나는 동안에 낯익은 사이가 되었다. 그는 이야기를 나눌 상대가 없어 적적했던 모양이었다. 내가 찾아가면 이만저만 반가워하는 것이 아니었다. 그런데 무슨 일인지 지난해부터 메뚜기 떼가 몰려오지 않고 있다는 것이었다. 양계장을 새로 짓고, 메뚜기를 포획할 장치까지 만들어 놓았으나 허사가 돼버리고 말았다고 그는 말했다.

"올해도 어떻게 될지 모르겠군요."

어느 날, 우리는 마을에서 나와 등성이를 넘어 바닷가로 내려갔다. 오랜 세월 바람과 파도에 침식된 단애와 날카로운 바위기둥들이 웅립해 있는 외딴곳이었다. 일렁이는 바다 너머로 멀리 북녘 해안포대가 보였다. 야간 점호 때마다 강렬한 서치라이트를 비춰, 나에게 비현실 속에서의 현실 같은 미묘한 감정을 일깨워 주곤 하던 그 포대였다. 그 순간, 바닷가에 모여 있던 수만 마리 새들이 일시에 날아올랐다. 비상하는 새들의 날갯짓 소리, 울음소리, 파도소리가 텅 빈 바닷가를 울렸다. 그것은 나에게 도시공원 숲속 굴참나무 아래서 꿈에 보았던 「새의 전설」을 다시 떠올리게 하였다.

그날부터 나는 근무가 끝나면 내무반으로 돌아와, 머리맡에 손가락 만한 작은 전구를 켜놓고 침대에 엎드려 소설을 쓰기 시작했다. 그것만이 그 무미건조한 하루하루를 견딜 수 있게 해주는 것 같았다. 그런 어느 날, 나는 부대에서 나와 여느 때처럼 혼자 그 마을을 찾아가고 있었다. 등성이를 넘어 마을로 내려가자, 입구에 사람들이 모여 웅성거리고 있었다. 나는 그들의 어깨 너머로 고개를 내밀어 기웃거렸다.

"무슨 일이죠?"

내가 묻자, 이장이 바다에 나가 돌아오지 않고 있다고 누군가 말했다. 어쩌면 북으로 갔을지도 모르는 일이라고 말하는 것이었다. 실지로 경찰관이 나와 있었고, 그는 마을 사람들에게 이것저것 캐묻고 있는 중이었다. 이장의 아버지는 늙고 초췌한 얼굴이 거의 사색이 되어 떨고 있었다.

"파출소로 갑시다!"

경찰관이 사납게 그의 팔을 잡았다. 노인은 저항하려고 하였다.

"놔! 놔! 놔!"

갑자기 그가 고개를 돌리며 소리쳤다.

"그 애는 돌아와! 돌아올 것이야!"

그것은 공허한 대기의 진동으로 사라져버렸다.

그렇지만 그것은 강렬한 인상으로 내 기억에 남았다. 그것은 내가 지상에 발을 딛고 서 있어야 하는 이유를 설명해 주고 있는 것 같았다. 사실 나는 이제까지 자신을 구름 관찰자라 여겼고, 구름 위를 걷는 사람인 것처럼 살아왔다. 그런데 점호시간이면 밤하늘을 수놓는 강렬한 서치라이트, 레이더에 흐르는 수만 볼트 고압 전류, 위험한 고갯길에서 결사적으로 트럭을 모는 운전병들, 기르는 개에게 수음을 시키는 하사관, 그것들은 관념이 아니라 현실로 내 곁에 존재하고 있는 것들이었다. 이장의 일들이 그것을 강하게 환기시켜 주었다.

그러던 어느 날, 당번병이 대대본부에서 우편물을 수령해 왔다. 나에게 책이 한 권 배달되었는데. 보낸 사람이 지수였다. 그를 만나지 못한 지 벌써 몇 년이 지났다. 황혼에 느끼는 짭조름한 향수의 감정처럼 그 이름이 내 가슴으로 여울져 밀려왔다. 봉투를 열자, 고교시절에 우리가 돌려가며 읽었던 문예지 최신호가 나왔다. 그 잡지의 신인문학상은 특히 소설가를 꿈꾸는 작가 지망생들에게 선망의 적이 되어 있었다. 그런데 놀랍게도 지수는 내가 그 섬의 미로와 같은 안개에 갇혀 있는 동안에 혜성처럼 나타난 신인작가가 되어 있었다.

「낯선 방」, 김지수, 신인문학상 당선작. 그것을 확인하는 순간 복잡하고도 미묘한 감정, 놀람과 충격, 경이로운 찬탄의 느낌이 온몸을 휩싸고 돌았다. 그것은 문예반 지도교사를 화나게 했던 그의 천재성, 반항적인 기질, 예측하기 어려운 재능이 가져다준 빛나는 성취였음이 분명했다. 이것은 불공평한 것이 아닐까 하는 생각이 들기도 하였지만, 나는 속으로 머리를 저었다. 막연한 것이지만 이미 예고되어 있었던 것, 부정하려고 했지만 엄연히 존재하고 있었던 그것들을 나는 이제 모른다고 말할 수가 없다는 생각이 드는 것이었다.

나는 지수의 당선소감을 읽었다. '갑자기 눈앞을 가로막는 황막한 벌판을 바라봅니다.' 낯설고 도발적인 언어였지만 그 다음에 이어지는 구절이 오히려 깊은 슬픔을 느끼게 했다. '저는 어쩌다 이 난해한 세계에 들어오게 된 것일까요?' 나는 그의 사진을 뚫어지게 바라보았다. 가느스름한 눈매와 개성적인 입모습이 기억 속에 뚜렷이 되살아났다. 그 눈빛은 여전히 침착한 갈색이었으며, 고집스럽게 다문 입가에는 알 수 없는 비웃음이 떠오르고 있었다. 그것은 자기 속에 자기를 괴롭히는 벌레 한 마리를 키우고 있는 청년의 얼굴이었다.

「낯선 방」은 남편을 잃은 젊은 여자를 마을 사람들이 모의하여 마을 밖으로 쫓아내는 이야기였다. 관점에 따라서는 작가의 자전적 고백인 것처럼 보일 수도 있었다. 그러나 그것은 언어에 대한 발견과 성찰, 개개의 인간들이 자신을 다른 사람과 구별시켜 주는 언어적 형상이 있다는 사실을 발견해 가는 사람들에 관한 이야기였다. 그래서 「낯선 방」에 등장하는 그들은 서로 이야기를 하고는 있지만 서로를 이해하지 못하고, 언어가 사람들 사이의 의사소통의 수단이라는 견해보다 더 큰 환상은 없다는 사실을 확인하고 있을 따름이었다.

심사위원들은 '언어가 개성적이지만 적의를 띄고 있어서 위태하게 느껴지는…'이라는 요지의 심사평을 내놓았다. 그러나 언어가 그것을 말하는 자의 경험을 가리키는 것이 분명하다면, 그것은 전적으로 작가의 몫일 따름이라고 그들은 말하고 있었다. 어쩐지 적대감이 느껴지는 심사평이었다. 여기서 나는 「새의 전설」을 떠올렸고, 그 속에서 내가 탐색하고 있던 언어들을 생각해 보았다. 그러자 그것은 남들이 해석할 수 없는 어떤 것, 안치된 혼이 떠나버린 텅 빈 사원, 혹은 개인적 취향에 불과한 것이 아닐까 하는 의문이 머리를 쳐들었다.

　명준아, 편지 받았어.
　네가 소설을 쓰겠다니까 하는 말이지만, 스물다섯이 되어도 그 결심이 변하지 않는다면, 너는 일본의 사소설이나 독일의 관념소설을 기웃거려서는 안 돼. 소설은 인생을 표현하는 것이므로, 소설을 쓰는 사람은 인생을 설명하려고 덤비지 않아야 해. 그런데 일본의 사소설은 지나친 개인적 취향의 결과일 따름이고, 독일의 관념소설들은 불필요한 요설과 허장성세로 가득 차 있어. 고교시절에 우리는 헤세의 『데미안』을 읽지 않은 사람이 없었어. '새는 알에서 나오려고 투쟁한다. 알은 곧 세계다. 태어나려는 자는 하나의 세계를 깨뜨려야 한다.' 이런 구절들은 바이블처럼 우리를 사로잡고 있었어.

그러나 자라면서 나는 그것이 얼마나 치명적인 허세이며 공허한 언어의 유희인지를 발견하고 말았어. 혹은 내가 편견에 사로잡혀 있는지도 몰라. 그러나 이것만은 명심해야 해. 언젠가 너에게 말했던 것처럼, 네가 정말로 소설을 쓰려고 한다면, T.S 엘리어트의 말대로 스물다섯이 되어도 그 결심이 변하지 않는다면, 너는 엄살을 부리지 않아야 해. 투정하거나 수다를 늘어놓지 않아야 해. 문학은 위안이 아니라 불편하고 불온한 것이야. 그것을 견딜 수 없다면, 너는 그만둬야 해!

수녀원으로 떠나기 전에 서희가 보낸 편지였다.

오오, 서희. 그리운 이름이었다. 오래 간직하고 있던 그 편지를 꺼내 다시 읽고 있으려니, 아련한 그리움과 후회의 감정 같은 것이 밀려왔다. 그 순간에 나는 내 안에서 나를 비추고 있던 구름기둥이 흩어져 사라져가는 것을 보았다. 헤세의 표현을 빌리자면, 나는 태어나려고 투쟁하는 십대를 그렇게 보내고 있었다.

그날 밤, 나는 오래 뒤척이고 있다가 「새의 전설」 노트를 들고 밖으로 나갔다. 희미한 외등 불빛 주위로 보이지 않는 먼 곳에서 메뚜기 떼처럼 몰려오는 안개가 보였다. 그것은 이장이 어느 해 꿈결에 보았던 메뚜기 떼인지도 몰랐다. 정말로 그는 메뚜기 떼의 환상을 좇아 안개 속으로 사라져버렸는지 모르는 일이었다.

나는 농구장 빈터로 내려가서 노트에 불을 붙였다. 종이가 불길에 말리면서 재로 사라져갔다. 나는 그것을 오래 바라보았다. 미지의 구름에 이끌려, 나는 여기까지 온 것이 분명했다. 그것이 또 나를 어디로 데려갈 것인지는 알 수가 없는 일이었다. 그렇지만 나는 나의 십대의 한때가 그렇게 사라져가고 있음을 알았다.

잘 가거라, 미지의 구름이여, 나의 십대여!

나는 그들에게 작별 인사를 보냈다.

3

스물두 살, 그해 봄에 제대하여 돌아왔다.

그런데 우리 집은 이미 해체되어버린 뒤였다. 시장에 당선된 뒤에, 아버지는 관사로 들어가셨고 어머니는 요양원으로 떠나셨다. 이것은 모두 내가 군대에 가 있는 동안에 일어난 일이다. 그런데 아버지와 어머니는 얼마 지나지 않아 이혼을 하셨으므로, 내가 제대하여 돌아왔을 때는, 우리 집은 현실에서의 관계의 끈들이 모두 사라져버린 뒤였다. 군대에 있는 동안에, 그러니까 내가 집에 없는 동안에 어떻게 그런 일이 일어날 수 있었는지 나는 도무지 이해할 수가 없었다. 아버지와 어머니는 내가 없는 사이를 틈타 부랴부랴 이혼에 합의라도 해버린 사람들인 것처럼 보였다. 물론 근거 없는 억측에 불과한 것이었지만, 그러나 나는 충분히 배신감이 들었고 속으로 잔뜩 화가 났다. 그러나 그것은 이기적인 생각인 것이며, 순전히 일방적인 오해에 불과한 것이라고 외삼촌이 말했다.

"왜냐하면,"

하고, 그는 말했다.

"두 분은 벌써 오래전부터 이혼 수속을 밟고 있었기 때문이야. 그러니까 그것은 네가 입대하기 전부터 진행되고 있었던 일이야. 그런데 두 분은 너에게 그것을 숨기고 있었어. 모르긴 해도, 네가 충격을 받을까 봐 걱정을 하고 있었던 것이야."

외삼촌은 군청이 있는 인근 소도시에 살고 있었다. 주로 관급공사를 맡아 돈을 버는 토건 회사 대표였는데, 그 도시에서는 손꼽히는 재력가였다. 시내 중심가에 똘똘한 건물이 몇 채 있고, 인근에 수만 평 땅을 가지고 있는 알부자로 알려져 있었다. 그런데 어머니는 외삼촌을 말할 때마다, 주머니에 돈이 들어가면 너덜너덜 닳아지도록 꺼내 쓰지 않고 벌벌 떠는 지독한 각쟁이 같은 놈이라고 흉을 보았다. 그렇다고 외삼촌 또한 어머니에게 불만이 없었던 것은 아니었으니,

"너의 어머니는 구름 위를 걷는 사람이었어."

어머니의 섬세한 기질, 상처받기 쉬운 성격, 비현실적인 감각을 비꼬는 말이었다.

"누님이지만 나는 그것이 늘 아슬아슬했어."

그렇다고 두 분에게 남다른 정이 없었던 것은 아니었다. 어머니는 어릴 때 외삼촌을 우리 집으로 데려다가 대학생이 될 때까지 뒤를 봐주었다. 실지로 학비까지 대주며 자식처럼 키운 것을 나는 알고 있었다. 두 분은 나이 차이가 많은 데다가, 막내이던 이모마저 자살로 생을 마감해 버렸기 때문이었다.

어릴 적, 내가 몇 번 얼굴을 익힌 적이 있는 그 이모는 호리호리한 몸매에 깔끔한 성격이었고, 꿈을 꾸는 듯이 늘 먼 산을 바라보는 눈매를 지닌 여자였었다. 그런데 결혼한 뒤에 자그마한 세탁소를 운영하고 있던 이모는,

어느 날 새벽 갑자기 번진 불로 가게를 몽땅 태워버리고 말았다. 전 재산이 날아가버린 이모는 며칠 동안 말 한 마디 없이 이것저것 정리해 놓은 뒤에, 남편과 함께 자살을 해버리고 말았다. 어머니에게 그 일이 얼마나 큰 충격이었을 것인가는 짐작하기가 어려운 일이 아니었다. 고객들이 맡긴 옷을 돈으로 변상해 주면 되었을 것을 왜 목숨까지 내놓아야 했던가 하는 것이 어머니가 늘 애달파했던 사연이었다.

"세상에, 옷가지 몇 개를 목숨과 바꾸다니!"

어머니는 그 일을 겪은 뒤에, 세상에 혈육이라고는 외삼촌 하나밖에 없다는 사실에 남다른 연대감을 가지게 되었을 터였다. 그래서 외삼촌이 독립할 때까지 어머니가 뒤를 봐주었다는 사실은 이상한 일이 아니었다. 어쨌든 나는 어린 시절의 대부분을 외삼촌과 함께 보냈으므로, 우리는 친구 사이처럼 허물없이 지냈다.

"그러므로 너희 부모가 이혼하면서 나를 너의 후견인으로 세운 것은 조금도 이상한 일이 아니었어."

외삼촌의 논지였다.

"아무튼 두 분은 이혼하면서 재산을 정확하게 세 등분으로 나눴어. 의문의 여지가 없이, 깔끔하게, 신사적으로, 공평하게 나눈 것이야. 그 중에 하나를 네 몫으로 남겨 놓았어."

그것은 아버지의 현실적인 계산의 결과였을지도 모르는 일이었다. 그 무렵에 아버지는 이미 시장에 당선된 뒤였으므로, 정치판에서 계속 살아남기 위해서는 주변을 깨끗하게 정리해 둬야 할 필요성이 있었을 것이다. 그러나 아버지의 계산이 어찌 되었건, 외삼촌은 나에게 배당된 몫은 털끝 하나 건드리지 않고 고스란히 은행에 예치해 놓았다고 말했다.

"변호사의 공증까지 받아놓았어."

외삼촌은 그것을 강조했다.

"그러므로 네가 자립할 때까지 그것을 관리할 책임이 전적으로 나에게 있다는 사실을 너는 알아야 해."

"자립이라뇨?"

하고, 내가 물었다.

"그것이 언제까지죠?"

"아무래도 스물다섯은 되어야겠지."

나는 한숨이 나왔다.

"그러면 아직도 3년이나 남았군요."

그런데 왜 하필 스물다섯이냐고 나는 다시 물었다.

"청년은 대개 관념론자들이기 때문이야. 그들은 내면의 정열로 자기 존재를 예감하고 자기를 의식하게 돼. 이것은 내가 지어낸 말이 아니라 대학생 때 너의 어머니 책장에 있던 책에서 읽은 구절이야. 말하자면, 청년은 그만큼 관념에 빠져서 회의에 기울어지기 쉬운 나이라는 것이지. 그런데 스물다섯이 되면, 그는 비로소 자기의 지성을 동원하여 사물을 정면으로 바라볼 수 있게 된다는 것이야. 말하자면, 현실에 대하여 균형 잡힌 감각을 유지할 수 있게 된다는 것이지. 너는 지금 스물두 살이니, 그러므로 3년만 견디면 네 몫을 충분히 잘 해낼 수 있을 것이야."

나는 꼰대 노릇을 하려는 것이냐고 따지면서, 외삼촌의 마음을 흔들어 보려고 애를 썼지만 되지 않았다.

"어쩔 수 없어."

요지부동이었다.

"법으로 정해놓은 일이니깐!"

외삼촌은 나를 위하여 원룸을 하나 마련해 놓았다. 구시가지 주택가에 있는 오래된 건물 4층이었다. 예전에 우리가 살았던 집, 젊은 부부가 어린 아들을 유모차에 태우고 벌새처럼 드나들던 보금자리, 성장한 뒤에 내가 학교에 가거나 혹은 도시공원 숲을 찾아갈 때마다 경비원이 손을 흔들어 아는 체하던 그 아파트는 이미 팔려버린 뒤였다. 그렇지만 시장관사나 요양원으로 가서 내 일상을 의탁할 처지가 아니라는 사실은 더욱 분명한 일이었으므로, 나는 외삼촌의 결정을 받아들이는 수밖에 다른 방법이 없었다. 그는 내 짐들을 자기 차에 싣고, 나를 원룸으로 데려다주었다. 그날 밤, 이것저것 옷가지를 쑤셔넣은 가방에 머리를 기대고 누워 있으려니 잠이 오지 않았다. 건너편 벽에 누군가 볼펜으로 *끄적거려놓은* 낙서가 보였다.

주여, 우리를 구원하든지 파멸시키든지 하소서.

그러자 신들이 응답한다.

너희는 구원되든지 파멸되든지 알아서 하려무나.

폴 발레리의 일절이었다.

다음 날, 나는 작은 배낭을 하나 메고 출발했다. 요양원으로 가는 버스는 하루에 서너 번밖에 없었다. 나는 시외버스 정류장에서 열 시경에 출발하는 버스에 올랐다. 요양원까지는 한 시간쯤 걸린다고 버스회사 직원이 알려주었다. 차창 밖으로 스쳐 지나가는 풍경을 바라보고 있으려니, 고2 여름방학이 끝날 무렵, 지수와 함께 수녀원으로 그녀를 찾아갔던 일이 생각났다. 윤서희, 그리운 이름이었다. 그런데 우리는 그녀를 만나지 못하고 서로에게 까닭 없이 화를 내면서 돌아오고 말았다. 그러나 하늘을 뒤덮으며 몰려오던 모루구름의 인상은 오래도록 내 기억에 남았다.

버스는 나를 요양원 근처 정류장에 내려놓고 먼지를 날리며 산비탈을 돌아 멀리 사라져버렸다. 요양원은 바다가 보이는 야트막한 언덕에 자리 잡고 있었다. 언덕 사이로 책보만큼 펼쳐진 바다가 햇빛에 사금파리처럼 부서지고 있었다. 나는 정문에서 면회실로 안내되었고, 뚱뚱한 대머리 사무장과 마주 앉았다. 그는 어머니가 암 병동에 계시지만 면회실로 나오실 수 있다고 말했다. 어머니의 상태가 생각보다 나쁘지 않아서, 그는 병동보다는 면회실에서 뵙는 것이 더 좋을 것 같아서 그렇게 결정한 것이라고 설명해 주었다.

"처음에는 가볍게 요양차 왔다가, 시간이 지나면서 차츰 고치기 어려운 병에 걸리는 분들이 많아지는 것이죠."

그러므로 자기들로서는 요양과 치료를 겸하는 요양병원을 운영하고 있다는 것은 대단히 효율적인 시스템이 아닐 수 없다는 것, 그래서 어머니의 거처를 요양원에서 암병동으로 옮겼다고 해서 하등 이상하게 생각할 것이 없다는 것이 그가 말하려고 하는 요지였다.

"누구나 겪는 일이니까요."

하고, 그는 계속 말했다.

사람은 나이가 들수록 더욱 외로워지는 것이고, 세상

의 온갖 낯익은 것으로부터 점차 멀어져서, 마침내는 혼자 쓸쓸히 죽음에 이르게 된다는 요지의 말을 그는 한참 동안 더 이 이어갔다. 사무장이 말하고 있는 동안에 면회실 문이 열리고 휠체어가 들어왔다. 나는 휠체어 안에 작은 누에처럼 웅크리고 앉아 있는 어머니를 보았다. 눈물이 나오려고 하였지만,

"어머니, 저 왔어요."

어머니의 눈빛에 희미한 반가움이 번졌다.

"응, 너로구나."

어머니가 말했다.

"군대서는 잘 지냈니?"

아니, 형편없는 것이었다고 나는 말하려다가 그만두었다.

"어머니는 어떠세요?"

"응, 그저 그래."

나는 어머니의 손을 잡았다. 창백한 살갗 밑으로 파랗게 드러난 힘줄이 서글펐다. 조금 더 세게 잡으면 부서져버릴 것만 같았다. 어머니가 다시 희미하게 미소를 떠

올렸다. 나는 휠체어를 밀고 창가로 갔다. 창 너머로 멀리 책보만큼 펼쳐진 바다가 보였다. 햇살에 비늘처럼 번득이는 파도가 보였다.

"바다가… 가깝지?"

어머니가 말했다.

"어릴 적, 바닷가 마을에서 살았어. 전쟁이 일어나자 부모님들이 그곳으로 피난을 가신 것이야. 나는 그곳에서 태어났어. 그런데 전쟁이 끝났지만 부모님은 그곳에 나를 얼마 동안 더 맡겨 놓았어. 서쪽으로 향한 집이었는데, 오후가 되면 세상이 온통 황금빛으로 빛났어. 해질 무렵이면, 바다가 부서지는 사금파리같이 번쩍거렸어. 툇마루에 앉아 그것을 바라보고 있노라면… 늘 그랬어… 목구멍으로 슬픔이 가득 차올라서…."

휠체어에 머리를 기대더니, 어머니는 슬그머니 엷은 잠에 빠져들었다. 나는 어머니를 병실로 모시고 갔다. 침대에 뉘어드리자 눈을 뜨고 다시 희미한 미소를 떠올렸다.

"아직… 안 갔니?"

어머니가 손을 저었다.

"가거라. 나는 괜찮아."

나는 어머니의 손이 손수건처럼 희미하게 나부끼는 것을 보았다.

"가거라… 어서."

* * *

가까운 정류장에서 출발하는 군내 버스가 있었다. 그 차는 나를 조그만 이웃 포구로 데려다주었다. 물론 어디로 가야 한다는 마련이 있었던 것은 아니었다. 그러나 늦은 오후였으므로, 포구에서 출항하는 배들이 모두 끊겼다는 말을 듣고 막막한 생각이 들었다. 나는 포구에 하나밖에 없는 여인숙을 찾아갔다.

"혼자시우?"

여인숙 주인이 물었다.

방이 있느냐고 내가 묻자, 저녁은 밖에 나가 먹어야 할 것이며, 내일 아침 8시가 넘으면 하루치 숙박료를 더

내야 한다고 주인이 말했다. 밖으로 나와 국밥집에서 저녁을 해결한 뒤에, 나는 여인숙으로 돌아갔다. 밤이 깊었지만 잠이 오지 않았다. 배낭에 기대고 누워 있으려니, 옆방에서 남녀의 속살거리는 소리가 들리고 곧바로 불그레한 신음소리가 들려왔다. 아침에 일어나 보니 옆방의 남녀는 벌써 나가버린 듯 조용했다. 나는 여인숙에서 나와 부둣가를 배회하다가 선착장으로 내려갔다. 방금 출항하려는 듯이 낡은 여객선 한 척이 쿠렁쿠렁 엔진 소리를 울리고 있었다.

"어디로 가는 배죠?"

"빨리 타세요!"

잔교에서 밧줄을 감고 있던 선원이 소리를 질렀다.

"하월도로 갑니다!"

여객선에서 다시 뱃고동 소리가 길게 울리고, 배 밑창에서 스크루가 세차게 바닷물을 밀어 올렸다. 고물 끝에서 수포가 흰 사이다처럼 끓어올랐다. 여객선은 기름을 칠한 듯이 미끄러운 내해를 빠져나가기 시작했다. 멀미를 걱정하는 노인들과 아낙네들은 일찌감치 선실로 들어가 바닥에 드러누웠다. 화투판을 벌이고 있는 사내들은 섬에서 섬으로 도는 장사꾼들인 모양이었다. 그들이 소주잔을 기울이며 시끌벅적 떠들어대고 있는 사이에 배는 하월도에 도착했다. 여객선이 삐걱이며 몸체를 한 번 빙그르르 돌리더니, 섬을 향하여 이물을 선착장 방파제에 기댔다.

〈어서 오십시오.〉

선착장에 낡은 입간판이 서 있었다.

〈하월도에 오신 것을 환영합니다.〉

승객들이 선실에서 나와, 여객선 난간에 걸친 널빤지를 지나 선착장으로 건너갔다. 나는 그들을 뒤따라 배에서 내렸다. 그리고 식당과 생선가게와 편의점과 선박회사 사무실이 몇 개 다닥다닥 붙어 있는 비좁은 거리를 지나, 바닷가로 길게 뻗어 있는 해안도로를 따라 무작정 걸어갔다. 해안도로가 끝나는 곳에 야트막한 산으로 둘러싸인 마을이 나타났다. 마을 뒤편에 허옇게 내장을 드러내놓고 있는 돌산이 보였다. 그 순간, 엄청나게 울리는 커다란 폭발음이 귀청을 때렸다. 나는 놀라서 걸음을 멈추고 돌산 쪽을 바라보았다. 돌산에서 바윗덩이가 튕겨 오르는 모양이 보이고, 뿌옇게 먼지가 일었다. 마을 앞 유상각에 앉아 있던 노인이 대리석 채석장에서 바위를 깨는 소리라고 나에게 설명해 주었다.

"일정시대부터 돌을 캐던 채석장이여."

하고, 노인이 말했다.

"오늘도 새벽부터 돌을 캐고 있구먼. 저러다가 산이 이쪽으로 넘어지지 않을랑가 몰라."

마을을 지나, 나는 채석장 밑으로 난 비탈길로 접어들었다. 그 순간, 채석장에서 허둥지둥 달려오는 사람들이 보였다. 그들이 쫓기는 짐승처럼 멀리서 외치는 소리가 들려왔다.

"사람이 깔렸어!"

돌산에서 튕긴 바윗덩이가 인부를 덮쳐버렸다. 나는 먼발치에 서서, 바위에 깔린 인부의 얼굴을 바라보았다. 출혈이 심하여 마른 해면처럼 하얗게 핏기가 가신 그 얼굴은 이미 현실의 것이 아닌 것처럼 보였다. 그것은 사람의 얼굴이 아니라 누군가 기괴하게 만들어 바위 밑에 숨겨놓은 가면 같았다. 땅을 적시는 벌건 핏물이 바위 밑에서 무슨 파충류처럼 꿈틀거리며 기어 나오고 있었다. 사람들이 외치는 소리가 다시 짐승들의 그것처럼 난폭하게 내 귀청을 찢었다.

"바위가 꿈쩍도 안 해!"

나는 속이 울렁거리고 토할 듯이 메슥거렸다. 땅이 중심을 잃고 기우뚱거리는 것 같았다. 나는 바닷가로 달려가 아무데나 드러누웠다. 햇빛이 이마에 쏘는 듯하여 눈을 감았다. 뒤채기는 바다로부터 격심한 입김이 실려 왔다. 대기는 바닥에 고여 미동도 하지 않았다. 손발이 해체된 사람처럼 나는 꼼짝도 할 수가 없었다.

"당신은 한나절을 여기 누워 있었소."

오랜 시간 뒤에, 내 곁으로 다가온 그 사내가 말을 걸어왔다. 낮배를 타러 가면서 보았는데, 지금도 그렇게 누워 있으니 무슨 일이냐는 것이었다. 오십대 중반쯤으로 보이는 통통하게 생긴 사내였다. 마땅히 갈 데가 없다면 자기를 따라올 것이냐고 그가 물었다. 사내의 자기소개에 의하자면, 그는 규모가 작은 염전의 주인이었다.

"월급은 없지만 그래도 당분간 머물 것이라면…."

나는 사내를 따라 조그만 산 하나를 넘어 염전으로 갔다. 염전은 나지막한 언덕을 사이에 두고 마을과 떨어져 있었다. 염전에는 오래된 허름한 함석집이 두 채 있었는데, 하나는 소금창고였고 하나는 방이 세 개 딸린 숙소였다. 염전 주인과 '서씨'라고 부르는 사람이 각각 방을 하나씩 쓰고 있었고, 나머지 방에서는 두 사람의 인부가 함께 기거하고 있었다. 나는 우선 서씨와 한 방을 쓰게 되었다.

"불편하겠지만 참고 지내시우."

염전 주인이 하던 말이었다.

"서씨는 코도 골지 않고 얌전하게 자는 편이니…."

나중에 알게 된 일이지만, 염전 주인의 아내는 끔찍하게 섬을 싫어하여, 아이들과 함께 도시에 나가 살고 있었다. 점심때가 되면 '비금댁'이라는 택호를 가진 여자가 마을에서 함지에 밥을 이고 왔다. 그녀는 사십대 후반쯤으로 보였는데, 작달막한 키에 젖통이 무지무지하게 큰 여자였다. 함지에 가득 밥을 이고 언덕을 내려오는 모습을 보면, 몸보다 유방이 앞장을 서고 있다는 느낌이 들 정도였다. 염전 주인과는 무슨 사이일까 궁금했는데, 나중에 사촌 여동생이라는 사실을 알았다.

"누구나 궁금해하는 일이죠."

서씨가 하는 말이었다.

"저렇게 젖통이 큰 몸집 좋은 여자가 과부가 되어 사촌오빠의 밥이나 해주고 있으니 말이오."

염전 주인은 오동통한 몸집에 인상이 좋고, 쉴 새 없이 사근사근 말하기를 좋아하는 사람이었다. 주변에서는 하나같이 타고난 그의 붙임성과 말솜씨를 인정하고 있었다. 이야기가 시작되면 모두 턱에 손을 괴고 그의 입만 쳐다보는 것이었다. 그는 종달새처럼 명랑하고, 어떤 장면에서는 산비둘기처럼 청승맞았다. 참새처럼 재재거리고 있을 때는 십중팔구 기분이 나쁠 때였다. 그렇지만 그 모든 것들이 그의 타고난 친화력을 훼손할 수 없다는 것은 무엇보다 분명한 사실인 것처럼 보였다.

"어디선가 읽은 것인데, 여자를 가리켜 지옥으로 가는 문이라고 말한 사람이 있었어요."

어느 날, 그가 느닷없이 나에게 한 말이었다. 염전이 내려다보이는 언덕에 앉아 먼바다로 떨어지는 황혼과, 그 황혼이 붉게 물들이는 구름, 그리고 그 구름 아래 아득히 먼 곳에 희미한 띠처럼 떠 있는 수평선을 망연히 바라보고 있을 때였다. 염전에서 혼자 무슨 일인가 하고 있는 서씨를 눈으로 가리키며, 그가 신이 나서 계속 말하는 것이었다.

"여자가 없었다면, 저 사람은 분명히 혼자서도 행복하게 잘 살 수 있는 사람이었죠."

무슨 얘기인가 하고 들어보니, 서씨는 평범한 보험설계사에서 어느 날 갑자기 고민하는 철학자가 되어버린 사람이었다.

염전 주인이 들려주던 바에 의하면, 보험 상품을 팔기 위해 서씨가 간혹 방문하는 달동네가 있었던 모양이었다. 그곳에서 만난 어떤 영감과 손자의 이야기가 그 사건의 핵심이었다. 아들 내외가 이혼으로 갈라서버린 집에서, 영감은 중학생이던 손자와 함께 살고 있었다. 어느 날, 양식이 떨어져 며칠째 라면으로 끼니를 때우고 있던 손자가 마트에서 쌀을 한 됫박 훔쳐 도망쳐 나오다가 붙잡힌 사건이 발생하였다. 그런데 손자가 경찰서 유치장에 수감된 것도 모르고, 귀머거리 영감은 그 애의 이름을 부르며 사방을 헤매 돌아다니고 있었다. 영감은 그러다가 기차역 광장에 쓰러지고 말았다. 서씨는 그것을 출근길에 목격하였는데, 퇴근하면서 보니 영감은 그때까지도 그대로 있었다. 바쁘게 오가는 다른 사람들처럼 서씨도 역시 그대로 지나쳐버리려고 하였다. 그런데 그는 얼마 가지 못해 발걸음이 떨어지지를 않았다. 뒤에서 누군가 끝없이 잡아당기고 있는 것 같았다. 할 수 없이 되돌아가 부축해 일으킨 다음, 그는 영감을 자기 집으로 데려왔다.

그런데 그때 마침 잔뜩 차려입고 교회음악회에 갔던 아내가 집으로 돌아오는 중이었다고 염전주인은 이야기를 계속했다.

"그 순간, 아내가 발광한 여자처럼 악다구니를 쓰더랍니다. 웬 거지영감을 데리고 왔느냐고 소리를 지르면서 길길이 뛰기 시작한 것이죠. 아내가 자다가 일어난 늙은

암사자같이 더러운 머리칼을 날리며 악다구니를 쓰는 모습이 눈에 선히 보이는 듯하지요?"

아니, 나는 아직 보이지 않는다고 대답하였다. 그런데 염전 주인에게는 그것이 매우 우스운 농담으로 들렸던 모양이었다. 그는 한참 동안 배를 쥐고 흔드는 듯이 웃음을 그치지 못했다.

"그런데 서씨는 여기가 부랑자수용소냐고 악을 쓰며 대드는 아내에게 물론 마땅히 해줄 말이 없었던 것이죠. 그러나 서씨는 참고 또 참다가 마침내 주먹을 휘두르고 말았답니다. 그런데 그의 주먹이 얼마나 쎈 것이었느냐 하면, 아내는 한 방에 코뼈가 부러지고 말았다는 것입니다. 그런데 서씨는 코를 싸쥐고 도망치는 아내를 쫓아가서 또 죽도록 패주고 말았던 모양입니다. 돌아올 수 없는 강을 건너고 만 것이죠. 말하자면, 그것이 바로 서씨가 지옥으로 들어가는 문을 두드린 최초의 노크였던 셈이죠. 아내가 코피를 쏟으며 달아난 뒤에, 서씨는 소주를 병째 들이켜고 잠이 들었던 모양입니다. 그날부터 그는 밤이나 낮이나 술에 취해 쓰러지는 생활을 며칠째 이어갔답니다. 그러던 어느 날, 누군가 심하게 흔들어 깨우는 바람에 눈을 떠보니, 건장한 남자 두 명이 겨드랑이에 억센 팔을 넣어 자기를 일으켜 세우고 있더라는 것입니다. 서씨는 밤중에 갑자기 그렇게 끌려 나가 엠블런스에 실려간 뒤에, 어딘지도 모르는 정신병원에 감금이 되고 만 것이죠. 그리고는 지옥 같은 몇 달이 지나갔는데, 그곳에서 겪은 일들을 얘기하자면 며칠을 계속해도 한이 없을 것이라고 서씨가 말하더군요. 아무튼 결론을 말하자면, 어느 날 정신병원에서 탈출한 서씨는, 서부영화에 나오는 총잡이처럼 복수심에 불타는 마음으로 찾아갔지만, 그러나 아내는 이미 종적을 감춰버린 뒤였더라는 것입니다. 아내를 찾아 사방을 헤매 돌아다녔지만, 그러나 그때는 모든 것들이 한 발씩 늦어버린 뒤였던 것이죠. 마침내 그는 노숙자가 되었고, 그러다가 여객선 터미널에서 나를 만난 것입니다."

서씨가 염부鹽夫가 된 전말이었다.

"어떻게 그런 일이 일어났느냐구요?"

하고, 어느 날 서씨가 말했다.

"사람들은 대개 세상의 일들을 인과관계로 설명하려고 애를 씁니다. 하지만 세상일은 대부분 결과를 예측할 수 없듯이, 누구도 그 원인을 모르기 마련입니다. 누군가 만약 불치의 병에 걸렸다면, 의사들은 발병의 원인을 찾아내려고 별의별 궁리를 다합니다. 그러나 대부분은 원인을 모르듯이 결과도 알 수 없는 법이죠. 물론 아내와의 일들을 이런 식으로 말하면 안 되는 것이라는 것쯤 나도 잘 알고 있어요."

하면서, 서씨는 그 이야기를 계속했다

자기가 아는 바로는, 기독교의 본질과는 아무 상관이 없지만 그러나 이것은 성경에 등장하는 물고기와 관련된 어떤 이야기다. 밤새 물고기를 한 마리도 잡지 못하고 빈 배로 돌아온 갈릴리 호숫가의 가난한 어부들에게 예수는 깊은 곳에 그물을 던지라고 말한다. 어부들이 그의 말대로 깊은 곳에 그물을 던지자 놀랍게도 그물이 찢어지도록 많은 물고기가 잡혔다. 아내가 다니는 교회 목사는 그것이야말로 예수의 초월적 능력, 의문의 여지가 없는 기적, 위대한 불멸의 신성에 관한 결정적인 증거라고 강조했다. 그런데 여기서 귀신이라도 씌인 듯이 이상하게 마음이 뒤틀려버린 그는, 하찮은 물고기 몇 마리 잡는 것이 왜 거룩한 신성과 관련된 것이냐고 반문을 해버리고 말았다. 구태여 그렇게 반문을 했던 것은, 물고기는 단지 물고기일 따름인 것이므로, 그것을 많이 잡고 적게 잡는 것은 신의 능력이나 의지와는 무관한 하나의 자연현상일 따름이라는 취지로 그는 말하려고 했던 때문이었다. 그러므로 그것은 자연이며 우연의 소산일 따름이라는 것이, 즉 그때 자기가 주장하고자 했던 내용의 핵심이었다고 서씨는 말하는 것이었다.

"직업에 관한 한, 누구보다 그것을 잘 아는 사람은 그 직업에 종사하는 사람이니까요."

하고, 그는 체념한 듯이 말했다.

"사람은 한 평생 직업의 영향을 받는 존재거든요. 그러므로 그것을 유지하기 위해서는 또 그만한 지식이 필요하다는 것쯤 삼척동자라도 알 수 있는 일이죠. 예컨대, 보험에 관한 일이라면 누구보다 내가 잘 알고 있다고 말해야 하는 것과 마찬가지 이치인 것이죠. 그런데 목수였던 예수님께서 왜 어부들보다 물고기를 더 잘 잡을 수 있었지요? 물고기에 관한 한, 어부들은 그분보다 한 수 위였을 텐데 말입니다. 그래서 아무리 생각해도 그것은 우연의 소산이었을 따름이라고 말했던 것이, 즉 돌이킬 수 없는 그때의 나의 주장이었던 것이죠.”

그런데 서씨는 불필요한 논쟁으로 목사의 미움을 사버렸고, 아무 상관도 없는 신자들로부터도 노골적인 배척을 받았고, 목사로부터는 어리석은 의심은 이단의 단초가 된다는 근엄한 판결을 받은 뒤에, 아내에게조차 증오의 표적이 돼버리고 말았다는 것이었다.

“결국은 내가 자초한 일이었죠.”

서씨는 그렇게 결론을 내렸다.

“누구를 탓하려는 것이 아닙니다. 왜냐하면, 결국은 모든 것이 내가 자초한 일이었으니까요.”

나는 그 염전에서 여름 한 철을 보냈다.

바다에 떨어지는 황혼의 덧없음이 여름에서 가을로 가는 계절의 변화를 예고하기 시작하는 어느 날의 일이었다. 그 섬에 강렬한 폭풍우가 몰아쳤다. 그것은 내가 섬에서 처음 겪은 폭우였으며, 아마 그 뒤에도 겪어보지 못한 대단한 폭풍우였다. 처음에 그것은 습기를 담뿍 머금은 공기가 손바닥만한 몇 조각 비구름을 밀어 올리는 것으로부터 시작되었다. 바람에 날리는 새털구름들이 하늘을 뒤덮기 시작하는 해질 무렵부터 날씨가 심상찮게 기울어지기 시작하였다. 마침내 그것들이 뭉쳐 무서운 모루구름으로 변하면서, 수평선 너머에서 벌써 아득히 번개가 치고, 우렛소리가 바다를 가로질러 건너왔다. 염전 주인은 큰비가 올지 모르겠다고 걱정을 하면서도 아내와 아이들을 만나러 도시로 나갔다. 우리는 해가 지기 전에 여기저기 염전 단속을 해놓고 하루 일을 마쳤다. 저녁을 끝내자마자 염부 두 사람은 일찌감치 자기들 숙소에 처박혔고, 서씨는 비가 오기 전에 소금창고를 한 번 더 둘러보겠다고 하면서 밖으로 나갔다.

"아무래도 큰비가 올 것 같아."

그는 나가면서 말했다.

"그렇지만 늦더라도 기다리지 마. 창고에도 목침대가 하나 있어. 그곳에 누워 있다가 잠이 들지도 몰라."

나른한 기분으로 베개에 등을 기대고 누워 있다가, 나는 깜박 잠이 들어버렸다. 얼마나 잤는지 갑자기 함석지붕 위에서 우당탕퉁탕 망치로 두드리는 듯한 소리에 놀라 잠에서 깨어났다. 시계를 보니 아홉 시가 지난 뒤였다. 그런데 서씨는 무슨 일인지 그때까지 아직 돌아오지 않고 있었다. 나는 걱정이 되었지만 이미 폭풍우가 몰아치기 시작한 뒤라 밖으로 나가볼 수도 없었다. 서씨는 어쩌면 창고에 있는 간이침대 위에 누워 잠을 자고 있을지도 모르는 일이었다. 나는 잠을 청해 보려고 애를 썼지만 빗소리 때문에 다시 잠들 수가 없었다.

폭풍우는 시간이 갈수록 격렬해지면서, 마치 관 뚜껑에 못질을 하는 소리처럼 끊임없이 함석지붕을 내리쳤다. 바람소리가 때로는 먼 데서 부는 휘파람 소리처럼 가늘어질 때도 있었다. 그러나 금방 높은 피리소리처럼 날카로운 흐느낌이 되어, 비와 어둠에 가린 밤공기를 갈가리 찢어놓았다. 빗방울들은 산탄총에서 발사되는 총알처럼 무겁고 둔탁한 소리로 함석지붕을 때렸다. 서씨는 여전히 돌아오지 않고 있었다. 나는 몇 번 문을 열어

보려고 했지만 밖에서 밀어대는 바람을 당할 수가 없었다. 조바심과 체념 사이를 오가다가 나는 다시 깜박 잠이 들었다.

"서씨는 어디 갔어?"

그런데 그 사이에 날이 밝았고, 거짓말같이 바람과 비가 잦아들었고, 문밖에서 비금댁이 서씨를 찾고 있었다.

"좀 전에 오빠한테서 전화가 왔다우. 소금창고가 걱정이 됐나 봐. 서씨는 어디 갔수?"

비금댁은 결국 서씨의 죽음을 맨 처음 발견한 목격자가 되었다. 밤중에 폭풍우가 소금창고의 지붕을 날려버렸다. 빗물에 젖은 무거운 소금 가마니들이 서씨의 몸뚱이 위로 한꺼번에 무너져 내렸다. 서씨는 간이침대에 누워 있다가 무슨 영문인지도 모르는 채 소금 가마니에 깔려 꼼짝없이 저 세상으로 가버린 것이었다.

"세상에, 저렇게 허망하게 가버리다니…."

비금댁이 탄식하고 있었지만 서씨에게는 이미 모든 것이 한 발씩 늦어버린 뒤였다. 연락을 받은 염전 주인이 오후에 경찰관 한 명을 데리고 헐레벌떡 돌아왔다.

사색이 된 얼굴이 보기에 딱할 지경이었지만, 경찰관은 눈썹 하나 까딱하지 않을 정도로 그런 일에 이골이 난 사람처럼 보였다. 그는 염전 주인에게 서씨의 인적사항을 꼼꼼히 물었고, 다른 인부들에게는 특이사항이 없었는지 꼬치꼬치 따져 물었다.

"그런데, 당신은 뭐요?"

사건의 전말을 이리저리 꿰맞춘 경찰관이, 이번에는 갑자기 먹이를 노리는 포식자의 눈빛으로 나를 돌아보았다.

"신분증 좀 봅시다."

당황하여 허둥대고 있는 나에게 그는 먼저 주민등록증을 내놓으라고 말했다. 그런데 나는 그것을 어디서 잃어버렸는지 알 수가 없었다. 원룸에 두고 나온 것인지, 혹은 버스 정류장이나 부둣가에서 잃어버렸는지 도무지 알 수가 없었다. 그러나 사정을 알 바 없는 경찰관에게는, 그것이 제 발로 걸어 들어온 먹이나 마찬가지였을 터였다.

"뭐요?"

그의 눈썹이 치켜 올라갔다.

"신분증이 없다고?"

나는 경찰관에게 휴대용 전화기를 빌리자고 말했다. 그는 탐색하는 눈초리로 한참 더 쏘아보더니, 무슨 생각이었는지 조금 누그러진 태도로 나에게 전화기를 내주었다. 나는 우선 신문사에 전화를 했고, 문화부를 연결하여 지수를 찾았다. 그는 문예지 신인문학상에 당선한 뒤에, 모 신문사에 특채되어 문화부 기자로 일하고 있는 중이었다. 나는 전후 사정을 간략히 설명한 뒤에, 그에게 도움을 청하였다.

"하월도?"

응, 하고 나는 대답했다.

"그런데 네가 왜 거기 있어?"

그러나 지수도 곧 내가 처한 곤경의 핵심으로 들어왔다. 전화를 바꿔 달라고 한 뒤에, 그는 경찰관과 꽤 긴 통화를 했다.

"그러잖아도 요즘 노숙자나 지적 장애자들이 염전에 팔려 다닌다는 보도가 있어 어수선하던 판입니다."

통화가 끝난 뒤에, 경찰관이 한결 누그러진 음성으로 말했다.

"그렇지만 이 염전은 우리 관할이고, 나로서도 내부 사정을 속속들이 알고 있는 곳이어서 다른 문제는 없습니다. 염부라고 해봐야 서너 명 데리고 일하고 있는 것을 내가 잘 알고 있으니까요. 그러나 당신은 초면인 데다가, 더구나 저 사람이 사고로 죽어서, 전후 사정을 조금 더 조사해 볼 필요가 있었던 것이죠."

그렇지만 서씨의 죽음은 따로 조사해 볼 필요도 없는 것이어서, 폭우에 희생된 사고사 그대로 처리되었다. 염전 주인은 유족에게 연락할 방도를 찾아보려고 애를 쓰는 눈치였으나, 그마저도 서씨의 유품에서는 뚜렷한 무슨 단서를 찾아내지 못하고 말았다. 염전 주인은 결국 그렇게 보내주는 수밖에 없다는 사실을 확인하고는, 다음날 서씨의 시신을 수습하여 염전이 내려다보이는 언덕에 묻어 주었다.

"당신은 어떻게 하시려우?"

매장이 끝난 뒤에 염전 주인이 물었다.

"갈수록 정나미가 떨어지던 판에, 보시다시피 믿고 의지하던 서씨마저 저 세상으로 가버렸으니…."

당분간 염전을 닫겠다는 말인 듯하였다.

다음날, 나는 이것저것 쑤셔 넣은 배낭을 메고 염전을 나섰다. 그런데 선창으로 가는 도중에 길을 잘못 들어 야트막한 산 하나를 넘어가게 되었다. 예전에는 제법 사람들의 왕래가 많은 고갯길이었던 모양인데, 이제는 잡초만 휘휘하게 우거져 자취조차 희미해져버린 길이었다. 산 사이로 봉긋하게 솟은 재를 하나 넘어가자, 골짜기 끝으로 멀리 책보만한 바다가 펼쳐졌다. 그곳에도 사람이 살고 있는지 바닷가 산비탈에 인가 비슷한 건물이 두세 채 나타났다. 골짜기를 벗어나면서 나는 그것이 임시로 설치된 컨테이너 건물이라는 것을 알았다. 그 순간에 나는 그곳이 '뒷개'라는 사실도 알아차렸다.

"뒷개에는 가지 마시우."

언젠가 들었던 서씨의 말이 떠올랐다.

"왜냐하면… 뒷개는…."

일말의 불안감이 머리를 쳐드는 것이었으나, 돌아서

기에는 이미 늦어버렸다. 오히려 호기심이 더 나를 끌어당기고 있었는지도 모르는 일이었다. 나는 컨테이너 박스를 향해 산비탈 길을 10여 분쯤 더 걸어 내려갔다. 컨테이너 건물 사이로 양식장인지 꽤 규모가 큰 저수지가 보였고, 제방 위에서 왔다갔다 움직이고 있는 사람들이 보였다. 그렇게 으슥하고 후미진 곳에 사람들이 모여 있다는 사실이 우선 섬뜩하게 느껴졌다. 그곳에서 갑자기 거친 고함소리가 터져 나왔다.

"이 새끼, 뭐야! 죽고 싶어!"

나는 걸음을 멈췄다.

그 순간, 나는 눈앞에 심상찮은 일이 벌어지고 있음을 알아차렸다. 그때 내가 목격한 것과 나중에 알아낸 사실을 종합해보자면, 그곳은 바다새우 양식장이었고 강제노역장이었다. 사제 총과 몽둥이로 무장한 양식장 직원들이 인부들을 감시하고 있었다. 아마 7, 8명쯤 돼 보이는 인부들은 목화농장에 팔려온 깜둥이 노예들처럼 손과 발목에 쇠사슬을 차고 있었다. 발에서 쇠사슬 끌리는 소리가 들렸고, 팔목을 감은 쇠사슬이 무디게 햇빛을 반

사했다. 직원들이 몽둥이를 휘두르면 그들은 땅바닥에
무릎을 꿇고 싹싹 빌어대는 것이었다.

"죽고 싶어?"

그러나 직원들의 입에서는 쉴 새 없이 거친 욕설이 터
져 나왔다.

"빨리 일 안 해?"

그런데 더 놀라운 것은 컨테이너 건물 안에 모로 쓰
러져 있던 인부였다. 나는 컨테이너 건물 처마 밑에 숨
어 있다가, 신음소리를 따라 창문 너머로 그를 보았다.
처음에는 그저 널브러져 있는 넝마처럼 보였다. 그런데
인부는 손발이 묶여 있었고, 여기저기 몸뚱이에 난 상처
에 핏자국이 말라붙어 있었다. 그런데도 심한 허기에 시
달리고 있었는지, 눈앞에 놓인 더러운 그릇을 핥고 있었
다. 놀랍게도, 나는 그릇에 담긴 그것이 개 사료라는 사
실을 알아보았다. 방금 문을 박차고 들어온 직원이 그에
게 몽둥이질을 하며 소리치고 있었다.

"개새끼, 또 도망칠래?"

양식장에서 도망치려다가 붙잡힌 인부인 모양이었다.

몽둥이가 사정없이 후려치고, 인부가 몸을 웅크리며 비명을 내질렀다. 그런데도 몽둥이찜질은 그치지 않았다. 양식장 직원들은 아예 그를 없애 버리기로 모의하였는지도 모르는 일이었다. 그렇다면 그들은 나까지 감쪽같이 없애버릴지도 알 수가 없는 일이었다. 어디서도 도움을 청할 수 없는 외딴섬이라는 사실에 생각이 미치자 다시 머리털이 곤두서는 공포감이 밀려왔다. 공포가 발뒤꿈치에 날개를 달기라도 한 듯이, 나는 컨테이너 처마 밑에서 튕기듯이 밖으로 뛰쳐나왔다.

"누구야?"

나는 곧 발각이 되고 말았다.

"저놈 잡아!"

날카로운 고함소리가 내 뒤를 따라왔다. 직원들이 나를 발견하고 몽둥이를 휘두르며 쫓아왔다. 나는 개처럼 헐떡이며 바닷가를 향해 달리기 시작했다.

4

"어머님께서… 별세하셨습니다."

나는 그 말을 얼른 알아듣지 못했다. 요양원 사무장이
그 말을 다시 반복해서 들려주었다. 나는 몸이 굳어지면
서 머릿속이 텅 비었다. 사고 체계가 일시에 정지해버린
것 같았다.

"아홉 시경에 운명하셨습니다."

하고, 그는 다시 또박또박 말했다.

"유족이 오시기 전까지는, 우선 저희 요양원에서 정중
히 모시고 있겠습니다. 이것이야말로 저희들이 해야 할
일이니까요. 유족께서 곧 와 주셨으면 해서 연락드리는

것입니다."

그때서야 나는 현실이 격식을 차리면서 원래의 모습으로 돌아오고 있다는 생각이 들었다. 나는 우선 외삼촌에게 전화했다. 그런데 갑자기 성대를 틀어막는 어떤 것이 목구멍 저 안쪽에서 치받혀 올라오는 느낌이 들었다. 나는 그것이 슬픔이라는 것을 알았다. 그러나 내색하지 않으려고 애쓰면서, 나는 외삼촌에게 어머니의 별세 소식을 알렸다.

"응, 그래?"

그런데 외삼촌은 이미 알고 있었다는 듯이, 별다른 일이 아니라는 듯이, 기다리고나 있었다는 듯이 심상한 어조로 말하는 것이었다.

"곧 갈 테니, 준비하고 있거라."

차를 가지고 온다는 말이었다. 썰물처럼 빠져나갔던 것들이 다시 제 자리를 찾아 돌아오기 시작했다. 지난여름 어느 날, 그 낯선 섬에서 돌아온 뒤에 나는 내 인생을 재구성하여 새로운 출발을 시작해 보려 하였다. 그런데 그 아침에 전해진 갑작스런 소식이 수습하기 어려운 혼란으로 다시 내 일상을 흔들어 놓았다. 어머니의 죽음은 이미 오래전에 예고되어 있었던 것이나 마찬가지였다. 그런데 그것이 눈앞에 현실로 닥치자 오히려 강한 비현실의 느낌으로 다가오는 것이었다. 그러나 마음을 가라앉힌 뒤에, 나는 우선 시장 비서실에 전화를 했고, 아버지와 곧 통화가 연결되었다.

"어머니가 돌아가셨어요."

전화기 저쪽에서, 아버지는 잠깐 침묵했다.

"알았다."

한참 뒤에 아버지가 말했다.

"문상은, 사람을 보낼 테니…."

아버지는 비서를 보내 문상을 하겠다는 말인 듯했다. 나는 그것을 어떻게 받아들여야 할 것인지 알 수가 없었다. 생전에 얼굴도 마주친 적이 없는 어떤 사람이, 아버지를 대신하여 어머니의 영정 앞에 절을 하는 모습은 얼른 상상이 되지 않는 일이었다. 결혼을 해본 적이 없으므로, 나는 그런 감정들을 받아들이기가 쉬운 일이 아니라는 것쯤 충분히 이해하고 있었다. 그러면서도 그것이

불합리하다는 사실은 더욱 분명한 것처럼 보였다. 그렇
다고 다른 방법이 있는 것도 아니었으므로,

"예. 알았어요."

나는 사무적인 어조로 전화를 끊었다.

그 순간, 어떤 장면이 떠올랐다. 그것은 '사랑한다'는
말을 하지 못하는 어머니와 딸의 이야기였다. 어머니는
죽어가고 있었다. 모르핀을 맞아 혼수상태에 있었다. 딸
은 자기의 두 딸을 데리고 마지막으로 어머니를 찾았다.
그녀는 사람이 죽을 때 마지막에 사라지는 감각이 청각
이라는 연구 결과를 알고, 열 살과 열두 살인 딸들과 「사
운드 오브 뮤직」에 나오는 가족처럼 노래를 부르기로 하
였다. 어머니가 좋아하는 노래도 부르고, 그들의 고향
인 스코틀랜드 민요도 불렀다. 의사와 간호사는 세 사람
이 화음도 맞지 않으면서 열심히 노래하는 모습을 보고
웃었다. 그들의 노래로 어둡고 우울한 병실 분위기가 한
결 밝아졌다. 세 사람은 모두 지칠 정도로 노래를 불렀
다. 더 이상 부를 노래가 없었다. 이제는 작별할 시간이
었다. 그들은 환자의 손을 잡아주고 입술을 축여주고 머

리를 빗겨주었다. 그들의 눈에서 눈물이 쏟아지기 시작했다. 그녀는 딸들에게 할머니와 둘이 있게 밖에 나가서 기다리라고 했다. 그런데 막상 어머니와 둘이 있게 되자 그녀는 말이 나오지 않았다. 그동안 고마웠다고, 사랑한다고, 보고 싶을 거라고 말하고 싶었지만 말이 되어 나오지 않았다. "우리 가족은 그런 낯간지러운 말을 입에 올려본 적이 없었다." 그녀의 독백이었다. 사랑한다는 말이 범람하는 세상이지만 그들 스코틀랜드인에게는 그 말을 입에 올리는 것이 '외계인을 만난 것만큼이나 기이한 것'이었을 따름이었다. 그런 감정이 없어서가 아니었다. 사랑은 말이 아니라 가슴에서 가슴으로 전해지는 것이어서 그랬다. 자신의 곁을 영원히 떠나는 어머니를 향해 딸이 느끼는 감정은 사랑이라는 말로는 표현할 수도 담아낼 수도 없는 것이었다. 언젠가 본 영화에서의 마지막 장면이었다.

"가자."

그러는 사이에 외삼촌이 왔다. 우리는 요양원을 향해 출발했다. 외삼촌은 앞만 보고 있었다. 요양원까지는 한 시간쯤 걸렸다.

"곱게 운명하셨어요."

요양원에 도착하자, 사무장이 말했다.

"아침에, 회진하는 의사에게 어머님이 한복을 입게 해
달라고 말씀하셨다는군요. 의사 선생님이 어머님의 청
을 들어주신 것이 다행이었죠. 어머님은 한복을 곱게 차
려입은 그대로 운명하신 것이니까요."

어머니는 영안실에 안치되어 있었다.

사무장이 말했던 것처럼, 어머니는 한복을 곱게 차려
입고 누워 계셨다. 여자 장례지도사가 세심하게 다듬어
놓은 얼굴은 잠을 자고 있는 듯이 평화스럽게 보였다.
어릴 적, 아파트 옆 도시공원 숲속을 헤매다가 집으로 돌
아와 찾으면 팔을 벌리고 맞아주시던 어머니의 모습 그
대로였다. 그러나 죽음이 그렇게 단호하게, 순식간에,
의문의 여지 없이 모든 것을 떼어 놓으리라고는 상상조
차 해본 적이 없었다. 지상에서의 모든 죽음에서와 마찬
가지로, 그것은 오해이며 허위인 것처럼 보였다. 그러나
어머니의 손을 만지자 써늘했다. 그것은 모든 감각으로

부터의 단절이며, 사람은 다만 혼자서 죽을 따름이라는 파스칼의 말처럼, 세상의 모든 낯익은 것으로부터의 외면인 것처럼 느껴졌다. 장례지도사가 우리를 다시 커튼으로 갈라놓았다.

"어머님은 죽음을 예감하신 것이었어요"

그녀가 말했다.

"아침에 회진이 끝나자마자 어머님은 혼자 목욕실에서 깨끗하게 몸을 씻으셨답니다. 그리고는 한복을 곱게 차려입으시고 잠을 자는 듯이 운명하신 것이죠. 저는 어머님께 따로 해드릴 일이 없었어요. 어머님의 몸에서 어떤 이물질도 새 나오지 않았으니까요."

요양원 장례식장은 아늑하고 깨끗했다.

여름이 늦어가고 있었지만 덥지도 않고 춥지도 않았다. 빈소 맞은편에 문상객을 접대하는 작은 식당이 있었다. 외삼촌과 나는 대부분의 시간을 그곳에서 보냈다. 문상객이 거의 없었으므로, 우리는 빈소를 지키고 있을 필요도 없었다. 식당에서는 오십대로 보이는 여자 두 사람이 주방 일을 하고 있었다. 한 사람은 씨름꾼처럼 다

부진 체격이고, 한 사람은 호리호리한 몸매였다. 직원
한 사람이 가끔 와서 그녀들을 둘러보고 갔다. 지휘 감
독인 것처럼 보였지만 시간이 지나자 직원의 발길도 끊
어졌다. 두 여자는 우리에게 저녁을 차려주고는, 옷을
갈아입자마자 그 길로 퇴근해서 나가버렸다. 밤이 더욱
고즈넉해져서, 어디에서도 사람 소리 하나 들려오지 않
았다.

"대학생 때 읽었던 소설이 생각나는구나."

외삼촌이 냉장고에서 맥주와 마른안주를 가져왔다.

"너의 어머니 책장에는 특히 소설책이 많았어. 한가할
때면, 나는 간혹 그 책들을 꺼내다 읽곤 했지."

그것은 카뮈의 『이방인』이었다.

주인공 뫼르소오로 하여금 아랍인을 쏘게 했던 지중
해의 찬란한 햇빛, 그것은 어머니가 편지에 쓴 일절이었
다. 어머니는 특히 카뮈를 좋아했는지, 그 소설의 첫머
리를 당신의 편지 서두에 올려놓았다. 『이방인』은 '어머
니가 돌아가셨다'라는 문장으로 시작되고 있었다. 그런
데 뫼르소오는 어머니의 장례식에서 눈물을 흘리지 않

앗고, 장례가 끝난 뒤에는 아는 여자와 함께 해변에 나가 따뜻한 바닷물에 몸을 적셨다. 그러고 나서, 한적한 바닷가에서 땀에 젖어 누워 있는 아랍인을 두 번 정확하게 쏘았다. 체포된 뒤에, 법정에서 왜 아랍인을 쏘았느냐고 판사가 묻자, 그것은 다만 햇빛 때문이었다고 뫼르소오가 대답하자 와아 웃음이 터졌다.

"나는 특히 그 장면이 좋았어."

외삼촌은 그 장면이 인상적이었던 모양이었다.

나는 카뮈의 그 건조함을 좋아했지만 나이가 들어서는 어쩐지 미심쩍은 느낌이 드는 것을 어쩔 수 없었다. 인생은 그의 실존주의만으로는 설명할 수 없는 더 복잡한 무엇들이 있다는 생각이 드는 것이었다. 하지만 그것이 무엇인지는 알 수 없고, 그것은 불투명한 베일에 싸여 있는 것이며, 그러므로 문밖을 나서면 시야를 가로막는 벌판처럼 황량한 그 무엇이 있을 따름이라는 생각이 드는 것을 어쩔 수가 없었다.

"뫼르소오처럼 우리도 울지 않았구나."

외삼촌의 말이 그때서야 실감이 갔다.

"그러나 너의 어머니는 우리를 충분히 잘 이해해 주실 것이야."

그렇지만 그것은 살아남은 사람들의 평계에 불과한 것일 따름이라고 외삼촌이 다시 말했다. 밤이 더욱 깊어져서, 밤기운이 제법 서늘한 감촉으로 밀려오고 있었다. 우리는 식당으로 자리를 옮기고 맥주를 마시면서, 그런저런 이야기를 한참 더 나누었다.

"제대하여 돌아오자 그 애는 열네 살이었어."

외삼촌이 불쑥 그 이야기를 시작했다.

"어릴 적, 우리는 같은 마을에서 살았어. 그런데 내가 군대에 있는 동안에, 그 애는 열네 살 소녀로 성장해버린 것이야. 어느 날, 나는 골목 입구에 나와 있는 그 애를 보았어. 돌담에 기대고 서서 햇빛을 쬐고 있었어. 두 발을 가지런히 모으고 서서, 그 애는 하늘을 쳐다보고 있었어. 통통한 뺨은 분홍빛으로 빛나고, 먼데 하늘을 쳐다보는 눈매는 서늘하고 아름다웠어. 내가 바라보자 그 애도 나를 바라보았어. 그 순간, 살별처럼 건너오는 그 애의 눈빛에 나는 숨이 막혔어. 그것은 내가 본 것 중에서도 가장 아름다운….”

무슨 말인가 하고 귀를 기울여 들어보니, 그것은 외삼촌의 ‘베아트리체’에 관한 이야기였다. 베아트리체, 단테가 『신곡』에서 그 이름을 부르자 그녀는 구원의 여인, 지고의 아름다움의 화신이 되었다. 그 여자가 신명희였다. 평범한 이름이었지만 구원의 여인으로 생각하고 있는 이상, 외삼촌에게 그녀는 베아트리체일 수밖에 없었음이 분명했다.

“그런데 나는 그 뒤부터 그 애와 마주치면 눈앞이 뽀얗게 흐려지는 이상한 증세를 앓기 시작했어.”

하면서, 외삼촌은 그 이야기를 계속했다.

우리의 감각 중에서도 시각은 대상에 가장 먼저 반응하는 감각이다. 눈길을 한 번 흘낏 준 것만으로도 그 인상은 평생 지워지지 않는 이미지로 기억에 남아 있게 된다. 명희야말로 나에게 그런 여자였으니, 그때부터 나는 그 애와 마주치면 시야가 뽀얗게 흐려지는 감각의 혼란을 겪게 된 것이다. 아무리 정신을 가다듬으려고 애를 써도 되지 않는 일이었다. 그 애가 고등학생이 된 뒤에는 그 증상이 더욱 심해졌으니, 그 애의 유방은 더욱 풍만해졌고, 피부는 분홍빛으로 눈이 부실 지경이었던 것이다. 그것을 소유할 수 있다면, 나는 그 순간에 죽어도 좋다고 생각했을 정도였다. 그렇지만 나는 그 애의 머리카락 하나 소유할 수 없다는 사실에 늘 비애를 느꼈다. 그러던 어느 날, 나는 무슨 일로 시내에 나갔다가 군청 앞 광장에 서 있는 늙은 회나무 밑에서 그 애를 보았다. 낙엽들이 바람에 쓸려 우수수 아스팔트 위를 굴러가고 있었다. 낙엽 구르는 소리에 한참 마음을 빼앗기고 있는데, 회나무 밑에 저만큼 망연히 서 있는 그 애와 눈이 마주쳤다. 내가 부르자 그 애도 나를 바라보았다. 그렇지만 기적과 같은 그 순간을 나는 어떻게 해야 할 것인지 아무 생각도 떠오르지 않았다. 나는 우선 밤바람에 차가워진 그 애를 데리고 근처 음식점으로 갔다. 나는 그 애 아버지가 파산하여 식구들이 오갈 데 없이 되어버린 처지를 알고 있었으므로, 아주 조그만 호의로써나마 그 애한테 따뜻한 저녁 한 그릇을 사 주려고 하였다. 그런데 그 애는 방으로 들어가자마자 내 어깨에 기대고 조용히

울기 시작했다. 그때처럼 난처한 적이 없었다. 한편으로는 가슴이 터질 것 같았지만, 나는 그 애의 울음이 어떤 의미를 가진 것인지, 그 애가 나를 어떻게 생각하고 있는지, 과연 그 애를 데리고 둘이서 밤을 지낼 수 있는 은밀한 곳으로 가야 할 것인지 격렬하게 망설이고 있었던 것이다. 정말이지 나는 사람의 몸에 대하여 그렇게 많은 생각을 해본 적이 없었다, 육체와 정신 사이에 존재하는 낯선 긴장 관계 속에서, 그 애의 몸은 나에게 지고의 성스러움이었고 동시에 가장 저열한 욕망의 표적이었다. 선택은 나의 자유인 것처럼 보였지만, 나는 결국 그 애와 함께 보내고 싶었던 밤을 포기하고 말았다. 어리석게도 나는 그 애의 몸이 나에게 영원히 순결한 아름다움의 표상으로 남아 있어야 한다고 생각했던 것이다. 그것은 내가 도달하고자 했던 지고의 도덕률이었다. 그렇지만 결과를 놓고 보자면, 그것은 완성되지 못한 하나의 거짓말에 불과한 것이었을 따름이었다. 오래잖아 그 애의 결혼 소식이 전해졌다. 나는 그것을 현실로 받아들일 수밖에 없으면서도 바닷물에 쓸려가는 모래처럼 허전한 마음을 지울 수가 없었다. 그런데 얼마 지나지 않아, 나는 그 애의 남편인 그 짐승 같은 사내가 밤낮없이 이혼을 강요하면서, 그 애에게 끝없이 폭력을 행사하고 있다는 사실을 알게 되었다. 결국 장애가 있는 어린 딸을 데리고 거리로 쫓겨난 그 애를 나는 어느 날 시장통에서 만나고 말았다. 우리는 국밥집에 앉아 있었는데, 그 애가 울먹이면서 띄엄띄엄 들려주던 이야기를 모아보자면, 그 애는 마음이 너무 스산해서 어느 날 절을 찾아갔던 모양이었다. 그런데 사연을 다 듣고 난 스님은 합장을 한 채 웅얼웅얼 염불을 하면서 먼 산만 쳐다보더라는 것이다. 가면의 탈을 쓴 것 같은 얼굴을 한 그 목사도 마찬가지였으니, 목사는 그 애의 사연을 듣고는 '무릎을 꿇으시오!'하더니 '회개하시오!'하고 소리치더라는 것이었다. 그 무렵, 나는 사업 형편이 조금씩 나아지고 있었으므로 그 애를 도와줄 방법을 찾고 있었다. 나는 조그만 선의로써나마 돌같이 굳어버린 그 애의 마음을 풀어주는 것이 나의 인생 최대의 목표인 것처럼 생각하고 있었을 정도였다. 그런데 그 애는 내 시선이 미치는 그 너머로 달아나버리려고 그토록이나 애를 썼다. 그것은 아마 그 애의 마지막 자존심 같은 것이었는지도 모르는 일이었다. 그래서 어찌 어찌 거처를 알고 찾아가면, 그 애는 벌써 자취를 감춰버린 뒤였다. 몇 차례인지 모르게 그런 일이 반복되었다. 그러는 사이에 그 애는 실낱같은 희망의 끈에 매달려 서울로 갔던 모양이었다. 허름한 고시촌에 달방을 얻어 지내고 있었는데, 어느 날 새벽 잠든 사이에 갑자기 불이 났다. 창녀와 공짜로 잠을 자려다가 쫓겨난 어떤 사내가 홧김에 지른 불이었다. 그 애는 딸과 함께 불길에 싸여 저 세상으로 가버렸다.

"결국은…."

외삼촌은 이야기를 끝내려는 듯이 보였다. 슬픔으로 흔들리던 목소리가 평소의 모습으로 되돌아왔다. 그런데 여기서 갑자기 전화 벨이 울렸다.

"명준아, 미안해."

전화를 받아보니, 지수였다. 문상을 오려고 했는데 어제부터 시작된 '동아시아작가회의' 취재차 출장 중이어서 시간을 내기가 어렵게 되었다는 것이었다. 내일이면 문상을 다녀갈 수도 있을 것 같다고 그는 말했다.

"응, 그래."

그러는 사이에 외삼촌은 간이침상으로 가더니 옆으로 가만히 누웠다. 잠에 취한 아이처럼 소리도 없이 눕는 그를 보고 있으려니 한 가닥 슬픔 같은 것이 후두를 할퀴고 지나갔다. 그것은 내가 외삼촌에게 가질 수 있는 가장 강렬한 연민의 감정인 것처럼 느껴졌다. 어머니의 혈육이라고는 이제 외삼촌 한 사람밖에 남지 않았다는 사실이 더욱 강한 현실감으로 다가오는 것이었다. 나는 외삼촌이 잠든 것을 보고, 분향소로 갔다.

"어머니…."

영정 사진 속에서 어머니가 웃고 계셨다.

"그래, 너로구나."

나는 어머니의 얼굴 위에 포개지는 또 하나의 얼굴을 보았다. 열두 살 무렵, 도시공원 굴참나무 숲에서 길을 잃고 헤매다가 지수네 집에 처음 갔던 날, 나는 그때 반쯤 열린 대문 너머로 툇마루에 혼자 앉아 있는 부인을 보았었다. 그녀가 지수의 어머니였다. 그녀는 보이지 않는 먼 곳을 아득히 응시하고 있었다. 그것은 몽환적이면서 범접할 수 없는 신비로운 아름다움을 지닌 눈빛이었다. 나는 그런 눈빛을 본 적이 없었다. 젊은 시절의 아름다움이 아직 생생하게 남아 있던 얼굴이었다.

고등학교 2학년 때였다. 교정에 목련이 피고, 사방에 화사한 봄기운이 넘치고 있던 어느 날이었다. 개교기념일 행사가 끝나고 교내백일장이 열렸다. 문예반 학생들이 모두 참가했는데, 그 중에서 지수가 장원을 했다. 그 작품이 타블로이드판으로 발행되는 교내신문에 실렸다. 지수는 백일장 제목으로 내걸린 「목련」을 '흰 붕대를 풀고 병실에서 나오는 아름다운 소녀'의 모습으로 표현하였다. 그런데 누군가 그것을 '옷을 벗고 남자를 만나러 가는 여인'의 모습으로 변조해 놓았다. 그 여인이 지수의 어머니라는 사실은 누구나 알아볼 수 있게 되어 있었다. 그것이 명재의 짓이라는 사실도 곧 밝혀졌다. 우리와 같은 문예반이었는데, 하이에나처럼 비열하고 사악한 그 애는, 특히 지수의 재능에 대하여 강한 적대감을 가지고 있었다. 그 애는 야비하게 변조한 그 시를 다음

날 칠판에 붙여 놓았다.

돌이켜보건대, 나는 그때까지 누구와 한 번 말다툼도 해본 적이 없었다. 그런데 칠판에 나붙은 그것을 보는 순간 속에서 치밀어 오르는 강렬한 혐오의 감정, 적개심, 세찬 분노의 감정을 억누를 수가 없었다. 그것은 반드시 제거해야 하는 악인 것처럼, 나는 벌써 명재를 향해 돌진하고 있었고, 그 애를 향해 결정적인 한 방을 날리고 있었다. 누구를 향해서 그렇게 세차게 주먹을 휘두른 것도 그때가 처음이었다. 그렇지만 명재와 그의 패거리들도 당하고만 있지는 않았다. 누군가 뒤에서 내 등을 후려쳤고, 뒤엉켜 주먹을 휘두르자 교실 안은 순식간에 난장판이 되었다.

"이놈들, 뭐야!"

체육교사였다. 학생을 지도할 일이 있으면 무조건 주먹으로부터 시작하는 사람이었다. 그는 사정없이 뺨을 때리면서 우리를 떼어 놓았다. 우리는 교무실로 끌려갔고, 다음 날 오후에 열린 상벌위원회에 불려갔다. 자칫 정학 처분이 내려질 수도 있었다. 그런데 놀랍게도 그 순간에 문예반 지도교사가 나섰다.

"폭력은 물론 나쁜 것입니다."

하고, 그는 전제했다.

"그러나 경우에 따라서는 그것이 옳은 것일 수도 있습니다. 지수는 우리 문예반에서 가장 뛰어난 학생입니다. 문학에서는 특히 재능이 중요합니다. 우리는 그것을 존중하고 길러줘야 합니다. 그런데 우리는 그것을 무시하고 헐뜯으려는 나쁜 생각을 가지고 있습니다. 이번의 폭력 사태야말로 그런 저열한 인식의 발로라는 사실은 의문의 여지가 없는 일입니다. 그 애를 처벌한다는 것은, 그러므로 폭력보다 더 나쁜 것입니다."

지수와 함께 우리는 모두 처벌을 면했다. 이 소식이 퍼졌지만, 그러나 문예반 지도교사에게 가졌던 우리들의 반감이 가신 것은 아니었다. 지수는 며칠 동안 학교에 나오지 않았다. 나는 걱정이 되어서 그 애 집을 찾아갔다. 지수의 어머니는 언젠가처럼 또 툇마루에 걸터앉아 보이지 않는 먼 곳을 아득히 응시하고 있었다.

"지수를 찾아왔니?"

내가 돌아서려 하자 그녀가 불렀다.

"걔는 또 새를 잡으러 갔는지 모르겠구나."

그녀가 팔을 벌려 나를 안아주었다. 나는 끌리듯이 다가가 그녀의 팔에 안겼다. 어머니가 언젠가 들려주시던 말이 떠올랐다.

"어릴 적, 너는 병약한 아이였어. 그러나 안아주려고 하면 한사코 싫어했어. 죽지 않으려고 그랬던가 봐. 밥을 먹여주면 밥알이 한나절이나 입 안에 있었어. 너는 네 손으로 숟가락질을 하려고 애썼어. 자립심이 강했다고 해야 할까. 아니, 결벽증이었는지도 몰라."

아니, 나는 그만큼 자유롭고 싶었는지 모른다. 어머니는 그런 나의 유일한 지지자였으며, 조력자였고 후원자였다. 그런데 나는 어머니가 돌아가신 뒤에야 비로소 그것을 알았다. 지수의 어머니가 그런 어머니의 다른 모습으로 나에게 다가왔다. 내가 십대의 밤들을 지나는 동안에, 그녀는 내 속에서 어머니의 또 다른 모습으로 살아있었다. 그런데 그녀는 내가 제대하여 돌아오자 이미 저세상으로 떠나버린 뒤였다, 급성 췌장암으로 보름쯤 입

원해 있다가 돌아가셨다고, 지수가 나중에 말했다.

"어머니가 돌아가시기 전에 잡으시던 손길이 잊혀지지 않아."

하고, 그는 말했다.

"광대무변한 우주의 먼 저쪽으로 무한히 떨어져 나가는 것 같았어."

5

은사시나무 숲에 가을이 내리고 있었다.

어머니의 장례가 끝난 뒤에, 나는 몇 가지 남은 일들을 정리하고 「요한슨신학교」로 갔다. 신학교 입학은 지난해 여름 하월도에서 돌아온 뒤에 결정된 일이었다. 군대에서 돌아오기 전까지는, 나는 내가 부모로부터 독립하여 구름처럼 자유롭게 혼자 살고 있는 것처럼 생각하였다. 실지로 나는 그만큼 자유로웠고, 하늘에 떠다니는 한 조각 구름인 것처럼 매인 데가 없었다. 그런데 어머니는 돌아가신 뒤에도 여전히 내 삶의 한 부분을 차지하고 계셨다. 어머니는 외할머니의 모태신앙을 이어받은 독실한 기독교인이었다. 그것은 하월도에서 돌아온 뒤에, 내가 제 발로 걸어서 신학교를 찾아가게 된 결정적인 계기로 작용하였다.

물론 나는 보이지 않는 곳에 존재하는 아버지의 영향도 적지 않았다는 사실을 부인하려는 것은 아니다. 아버지는 대학을 졸업하지 않은 사람은 어른이 되어서도 성장하지 못한 미성년자나 마찬가지라는 생각을 가지고 계셨다. 왜 그랬는지는 알 수 없지만, 어쨌든 그것은 지방대학 교수가 빠지기 쉬운 편협한 신념 체계의 일종이었으리라 짐작이 가는 것이었다. 그러나 편견에 불과한 것일지라도, 주위에서는 누구도 아버지의 신념을 무너뜨릴 수가 없었다. 그러므로 내가 제 발로 신학교를 찾아간 것은 어머니의 영향, 혹은 아버지와의 어떤 타협의 결과였는지도 모르는 일이었다. 그런데 반격은 생각지 못한 엉뚱한 곳에서 왔다.

"하필이면 왜 신학교냐?"

외삼촌의 반응이었다. 세상에 널린 하고많은 대학 중에서 하필이면 왜 신학교를 택하였느냐는 비난인 듯했다.

"너의 어머니 서재에서 읽은 적이 있어."

하면서, 외삼촌은 아버지와는 다른 또 하나의 왜곡된 신념을 나에게 납득시키려고 애를 썼다. 니체가 『짜라투스트라』에서 폄하하는 어조로, 성직자를 싸잡아 여자로 묘사하는 글을 읽은 적이 있었다는 것이다. 그런데 세상에 하나뿐인 조카가 성직자가 되어 평생을 치마 두른 여자처럼 살아가는 모습을 보며 참고 살아야 하는 것이냐고 그는 물었다. 나는 물론 신학교에 간다고 해서 반드시 목사가 되는 것은 아니라고 말했다. 그러나 성직자가 되려는 것이 아니라면, 너는 왜 신학교에 가려고 하는 것인지 그것부터 설명할 수 있어야 한다고 외삼촌은 강조하였다.

"등록금으로 말할지라도⋯."

하면서, 이번에는 등록금 이야기를 꺼냈다.

법대나 경제학과나 정치학과를 가는 것과 똑같이, 신학교에서도 역시 살인적인 등록금으로 학부모들의 등골을 휘게 하는 우리 사회의 부당한 현실을 너는 충분히 알고 있어야 한다는 것이었다. 물론 부모님이 이혼하면서 나에게 배당해 놓은 몫은 등록금을 걱정하지 않아도 될 만큼 충분한 액수로 은행에 잘 예치되어 있다고 그는 말했다. 그러나 내가 스물다섯이 되기 전까지는, 그것은 한 푼도 손댈 수 없는 신성한 재산으로 남아 있어야 한다는 사실을 너는 잊어서는 안 되는 것이라고 다시 강조하는 것이었다.

"그렇다고 방법이 없는 것은 아냐."

외삼촌은 의기소침해진 내가 보기에 딱했는지도 몰랐다. 그는 자동 이체되는 내 생활비의 일부를 떼어 등록금으로 대체할 수도 있다는 새로운 제안을 내놓았다. 그 제안을 받아들인다면, 그래서 나는 생활비에서 이월되는 돈으로 차질 없이 신학교 등록금 문제를 해결할 수도 있을 거라는 것이었다.

"신학교에 가겠다는 생각을 버리지 않는다면, 너는 그만한 손실쯤 감수해야 되는 것이 아니냐?"

지방 소도시 유지로서의 그의 신념 체계는 견고한 것이었다. 결국 그의 제안을 받아들이고 나서야 나는 신학교 문을 두드릴 수 있게 되었다. 1년 전 일이었다. 그런데 나는 한 학기를 버티지 못하고 밖으로 나와, 여기저기 기웃거리며 헤매 돌아다니다가 가을학기가 되자 다시 복학하러 가는 길이었다.

신학교는 중세의 수도원처럼 울창한 은사시나무 숲에 둘러싸여 있었다. 미국 남장로교에서 파견된 요한슨 선교사가 60년 전에 설립한 학교였다. 은사시나무 숲은 신학교 설립 당시에 조성되었다. 성장이 빠른 수종인지라 아름드리로 자란 나무도 있었다. 아침저녁으로 제법 선선한 기운이 도는 9월의 어느 날이었다.

"복학 수속은 이것으로 끝났습니다."

사무처를 찾아가자 직원이 안내해 주었다.

"학생의 방은 2층 8호실입니다. 관리실에서 열쇠를 받아 가십시오. 저녁 식사는 다섯 시부터 일곱 시까지입니다."

나는 강의시간표와 학교 생활수칙 등 몇 가지 유인물을 받아 들고 기숙사로 갔다. 2층 가장자리 방이었다. 전에는 2인1실로 운영되고 있었는데, 그동안에 변화가 있

었는지 기숙사는 1인1실로 운영되고 있었다. 그런데 방
문을 열고 들어가자 누군가 창가에 서 있었다.

"복학하러 온다는 얘길 들었어."

민호였다.

"돌아와서 반가워. 반년만이구나!"

그는 나를 포옹했고, 우리는 창가에 나란히 앉았다.
반년 전에 그는 나의 룸메이트였고, 함께 입학한 40명 신
입생들 중에서 가장 뚜렷한 인상으로 내 기억에 남아 있
는 친구였다. 창으로 넘치는 오후의 햇살이 그의 밝은
갈색 눈동자에 투명한 빛을 던졌다. 그렇게 마주 보고
있으려니, 그동안의 우정이 다시 새로운 느낌으로 되살
아나는 것 같았다.

"학교는 어때?"

"응, 그저 그래."

민호가 말했다.

"변한 것은 없어. 세상은 원래 그런 거 아냐?"

빈정대기를 좋아하는 그의 버릇은 가시지 않은 듯했
다. 그런 면에서는 너도 마찬가지 아니냐고 내가 말하

자, 아마도 사실일 것이라고 그는 수긍했다. 우리는 예전의 허물없는 친밀감이 되살아나서 기뻤다.

"아버지는 시골교회 목사였어."

언젠가 그가 들려주던 이야기였다.

가난하지만 시골 생활이 아름답고 행복했던 시절이었다고 그는 말했다. 그러다가 그의 가족은 살던 고장을 떠나 도시 근교로 이주하였다. 개발과 투기 바람이 전국토를 휩쓸고 지나가던 때였다. 그의 아버지는 변두리 땅을 빌려 허름한 군용천막을 치고 목회를 시작했다. 도시 변두리 가난한 사람들을 상대로 밤낮없이 복음을 전했다. 교회는 금방 신자들로 넘쳐나기 시작했다. 목표는 극장같이 우람한 예배당이었다. 신자 수가 벌써 3천 명에 육박했다. 그런데 그 무렵에 그의 아버지는 위암 선고를 받았다. 밤중에도 느닷없이 쥐어짜는 통증에 괴로워하며 뒹구는 위암의 말기 증세였다. 그의 아버지는 파상적으로 밀려오는 통증에 괴로워하며 울부짖었다. "주었다가 빼앗는 당신이여, 가져가려거든 고통 없이 가져가소서. 인간을 사랑한다는 당신의 말은 거짓이옵니까!"

그의 아버지는 산속으로 들어가 풀뿌리를 캐 먹으며 동굴에서 짐승처럼 혼자 살았다. 그러다가 기적처럼 암에서 벗어났다. 무엇이 약이 되었는지는 귀신이나 알 일이었다. 불사신처럼 살아서 돌아온 그의 아버지는 그것을 설교의 주제로 삼았다. 소문이 퍼지자 교회는 다시 신자들로 넘쳐나기 시작했다. 예배당이 극장처럼 우람한 건물로 바뀌고, 그의 아버지는 새로 강림한 교주처럼 되었다. 교회는 작은 왕국이 되었고, 그의 아버지는 교계의 권력투쟁에까지 개입하였다. 투쟁의 중심에 서서, 돈으로 목사들을 매수하기까지 하였다. 반대편의 비난 성명이 발표되고 테러를 당하기도 했지만 꿈쩍도 하지 않았다. 대립은 갈수록 격렬해져서, 그야말로 중세의 종교전쟁이나 마찬가지였다. 마침내 그의 아버지는 가스총까지 들고 나갔다. 서부영화에 등장하는 총잡이를 연상시키는 장면이었지만, 그것은 더욱 돌이킬 수 없는 파국을 향해 달려가고 있었을 따름이었다.

"교회에서 '목사 배척 운동'이 일어난 것이야. 진보를 표방하는 젊은 장로와 청년들이 중심이 된 '교회 개조 운동'이었어. 그들은 교회 안의 자유와 정의와 공정을 부르짖었어. 그렇지만 결과적으로는 내부 총질이었던 것이지. 그런데 그것이 오히려 교회 왕국을 꿈꾸던 아버지에게는 전의를 불태우는 계기가 되었으니, 아이러니였지. 아버지는 그때부터 더욱 노골적인 '목사 세습 운동'을 전개하였으니…."

민호는 그것을 조롱과 연민과 수치의 감정으로 바라보고 있었음이 분명했다. 그러나 결과를 놓고 보건대, 자기는 오히려 아버지의 손을 들어주고 있었다고 그는 말했다. 신학교에 오게 된 것도 그런 이유 때문이었다는 사실을 그는 숨기려고 하지 않았다.

"신학교를 졸업하고 목사가 되기를, 그리하여 내가 당신의 상속자가 되기를, 아버지는 지금도 그렇게 눈이 빠지게 기다리고 계시니까!"

첫 겨울방학이 시작되려던 때였다.

「실로암 명상의 집」이라는 곳에서 신입생을 대상으로 하는 작은 수련회가 열렸다. 신학교에서 3킬로미터쯤 떨어진 외곽에 자리 잡은 오래된 마을이었다. 사람들은 그곳을 「선교사 마을」이라고 불렀다. 신학교 설립 당시, 함께 온 미국인 선교사들이 조성한 마을이었다. 우리는 미니버스 세 대에 나눠타고 그곳으로 갔다. 정문을 지나자 소나무와 전나무가 우거진 울창한 숲속에 붉은 벽돌로 지은 이국풍 건물들이 나타났다.

"예전에 미국인 선교사들이 회의장으로 사용했던 유서 깊은 건물입니다. 지금도 미국 남장로교 선교재단 소유로 남아 있습니다. 임대하여 사용하고 있는 것이므로, 여러분은 특히 이 점에 유의하여…."

직원들이 나와서 안내해 주었다.

"수련회는 예배와 기도와 토론으로 진행됩니다. 자유시간 외에는 모든 프로그램에 의무적으로 참가해야 합니다."

원장은 플라스틱 가면을 쓴 사람 같았다. 이마가 필요 이상으로 빤질거려서 조금도 빈틈이 없는 인상을 주었다. 곧이어 시작된 예배 시간에 그는 마태복음의 한 구절을 읽고 나서 설교를 시작했다. 그것은 거리에 나가서 일꾼들을 데려온 포도밭 주인의 이야기였다. 주인은 이른 아침에 한 데나리온으로 일꾼들과 합의하고 그들을 자기 밭으로 보냈다. 그리고 아홉 시쯤에도 그렇게 하고. 열두 시와 오후 세 시쯤에도 그렇게 하였다. 저녁때가 되어 그들에게 품삯을 주는데, 포도밭 주인은 아침 일찍 일을 시작한 일꾼이나 오후 세 시에 온 일꾼이나 모두 한 데나리온씩 주었다. 처음에 온 일꾼들이 항의하자, 주인은 "친구여, 내가 당신에게 불의를 저지르는 것이 아니오. 당신은 나와 한 데나리온으로 합의하지 않았소? 당신 품삯이나 받아서 돌아가시오. 내 것을 가지고 내가 하고 싶은 대로 할 수 없다는 말이오?"하고 말하였다. 포도밭은 교회이고 포도밭 주인은 하느님이며, 일꾼들은 교인이라고 원장은 설명했다. 기독교 전통 교리를 충실하게 따른 해석이었다. 그런데 토론 시간에 그것이 논란의 중심으로 떠올랐다.

"원장님의 말씀을 반박하려는 것은 아닙니다만……,"

하고, 민호는 전제했다.

이것은 '인류 불평등 기원'에 대한 은유다. 포도밭 주인은 아침 일찍 일하기 시작한 일꾼이나 오후에 일하러 온 일꾼이나 똑같이 한 데나리온씩 품삯을 준다. 이것은 '똑같은 것을 똑같지 않은 사람들에게 똑같이 분배하는 공정성'에 관한 문제다. 공평한 것처럼 보이지만 실상은 인류 불평등에 관한 노골적인 알레고리인 것이다. 세계의 모든 불평등과 불공정은 여기서부터 시작된다. 그런데 포도밭 주인은 '내 것을 가지고 내가 하고 싶은 대로 할 수 없다는 말이오?'하고 반문한다. 이것은 무자비하고 냉혹한 자본주의의 본질을 드러낸다. 아니, 그것은 창조의 실수에 대한 음울한 변명인 것처럼 보인다. 포도밭 주인이 하느님이 분명한 것이라면, 그분은 세계의 이 모든 불합리와 불공정을 만든 장본인이다. 그분은 이에 대한 대답을 해야 한다. 그렇지만 수세기에 걸쳐 우리가 끊임없이 질문을 던지고 있는데도 세계는 여전히 영문 모를 침묵에 잠겨 있을 따름이다. 이것이야말로……, 민호가 이런 요지의 말을 하자,

"그만, 그만!"

원장이 굳은 얼굴로 제지했다.

심각해진 나머지, 그의 가면 같은 얼굴은 바가지처럼

더욱 딱딱하게 굳어졌다. 민호에게 그는 '독신瀆神'이라는 말을 아느냐고 물었다. 그는 학생이야말로 위험한 독신의 죄를 저지르고 있는 것이라고 하면서, 토론회를 중단시켰다. 그리고 이어진 대책회의에서, 민호의 퇴소가 결정되었다. 그러나 밤이 늦었으므로 다음 날 아침에 떠나라는 명령이었다. 민호는 조롱과 경멸과 부풀어 오르는 감정으로 입꼬리가 일그러졌다. 보기에 딱했던 우리는 서로 등을 돌리고 누워, 밤새 뒤척이다가 늦게 잠이 들었다.

다음 날 일어나서 창문을 열다가, 우리는 와아! 동시에 탄성을 올렸다. 그것은 세상의 모든 분규를 한순간에 잠재우는 눈부신 순백의 세계였다. 선교사 마을에 밤새 눈이 내리고, 또 눈이 내리고, 또 눈이 내려서 쌓이고 있었다. 길이란 길은 모두 눈에 파묻히고, 언덕에도 지붕에도 시가지에도 끝없이 내리는 눈송이들은 마치 천상에서 들려오는 수많은 아이들의 웃음소리 같았다. 천진하고 깨끗한 입김으로 세상을 뒤덮고 있었다. 숲으로 달려가 눈밭에 눕자, 사방에서 은은한 환호성이 들려오는 듯했다.

"온 천하는 잠잠하라!"

민호는 눈밭을 뒹굴면서 소리쳤다.

"봐! 눈송이들이 그렇게 외치고 있어!"

과장이나 허세가 아니었다. 무엇에 홀린 사람인 것처럼, 나는 쏟아지는 눈발 속으로 한없이 걸어갔다. 눈 속에 파묻힌 선교사 마을과 참나무 숲을 지나갔고, 거리와 시가지를 벗어나 도시 밖으로 나갔다. 뱀이 허물을 벗고 사라지듯이, 나는 그것들을 눈 속에 벗어두고 미지의 세계로 나갔다. 무엇이라고 설명할 수는 없지만 그러나 뚜렷이 느껴지는 그것들은 내 속에 부동의 인상으로 남았다. 카인의 표지와 같은 그것을 이마에 달고, 나는 그렇게 눈길을 걸어 세상 밖으로 나갔다. 그리고 여기저기 기웃거리며 헤매 돌아다니다가 돌아왔다.

기숙사는 긴 복도와 회랑을 지나 강의실로 이어지고 있었다. 어두운 회랑을 지나 강의실로 가고 있으면 숲속의 고요가 마음에 스며들었다. 그러다가 금요일부터 토요일 오후로 이어지는 '침묵의 시간'이 되면, 우리는 어두운 동굴에 둘러앉은 네안델타르인들처럼 침묵에 잠겼다. 침묵의 목적은 물론 기도와 명상이었다. 하지만 그것은 대부분 잡념과의 싸움인 것처럼 보였다. 언어로는 표현할 수 없지만 감각에는 뚜렷이 존재하는 것들, 그것을 피해 사막으로 갔던 중세의 교부敎父들까지 떠오르는 것이었으나, 잡념의 유혹은 시간이 갈수록 더욱 강렬해질 따름이었다.

그렇지만 나는 오히려 불면의 시간들이 더 괴로웠다는 사실을 말하지 않을 수 없다. 침묵의 시간이 끝난 뒤에도 잠이 오지 않는 이유를 나는 알 수가 없었다. 나는 거기에 '부엉이의 시간'이라는 이름을 붙였다. 부엉이는 지혜의 여신 미네르바의 상징이지만, 그러나 그것은 어수선한 잡념의 모습으로 내 속에 깃을 틀었다. 잠이 오지 않으면, 군대에서는 주보에 가서 술을 마시거나 침상에 누워 어두운 천장을 쳐다보며 무의미한 숫자 세기를 반복하였다. 그래도 잠이 오지 않으면, 나는 성경의 어떤 구절들을 암송했다.

…아브라함이 이삭을 낳고 이삭은 야곱을 낳고 야
곱은 유다와 그의 형제를 낳고 유다는 다말에게서
베레스와 세라를 낳고 베레스는 헤스론을 낳고 헤
스론은 람을 낳고 람은 아미나답을 낳고 아미나답
은 나손을 낳고 나손은 살몬을 낳고 살몬은 라합에
게서 보아스를 낳고 보아스는 룻에게서 오벳을 낳
고 오벳은 이새를 낳고 이새는 다윗을 낳고 다윗은
우리야의 아내에게서 솔로몬을 낳고 솔로몬은 르
호보암을 낳고 르호보암은… 낳고… 낳고….

대부분의 경우, 그러면 잠이 왔다.

"그런데 내가 듣기로는, 자네는 성경의 어떤 구절들
을, 자네만의 특별한 어떤 치료 방법으로 사용하고 있다
는데, 사실인가?"

어느 날, 지도교수가 나를 불러 말했다.

처음에 나는 그것을 농담인 것처럼 받아들였다. 그래
서 그것은 사실이 아닌 것이며, 성경을 어떻게 감히 불면
의 치료 방법으로 사용할 수 있겠느냐고 반문할 수 있었
다. 그러나 성경이 도그마로서 지나치게 초월적인 것으

로 취급되면 오히려 해로운 것이 될 수도 있다는 사실을 나는 알고 있을 따름이라고 덧붙였다. 그런데 나는 그것이 얼마나 위험한 대답인지 깨닫지 못했다. 전후 맥락을 생략한 채, 나는 의미 전달이 어려운 몇 개의 단어로 비밀스러운 내 생각들만 노출하고 만 셈이었다. 그것은 성경을 베개로 사용하고 있다는 고백이나 마찬가지일 수 있었다.

그런데 그것은 이미 소문이 나서, 교수들은 그것을 매우 위험한 독신의 신호로 받아들이고 있었음이 분명했다. 예수님의 신성한 족보를 불면증 치료제로 사용하고 있다고? 그들은 그렇게 비난하고 있는 것 같았다. 나는 그들에게 그것을 어떻게 설명할 수 있을 것인지 알 수 없는 깊은 절망감을 느꼈다. 특히 그 무렵에 내가 발표한 어떤 글이 그들의 마음을 더욱 완강하게 하였으리라는 사실은 더욱 의심할 필요가 없는 일이었다. 학생회에서 발행하는 「씨 뿌리는 사람들」이라는 엔솔로지에 '내가 무엇이 된다면'이라는 작은 코너가 있었다. 나는 거기에 '내가 작가가 된다면…'이라는 글을 썼다. 다음과 같은 요지의 글이었다.

　내가 만약 작가가 된다면, 작가가 되어 소설을 쓴다면, 나는 성경에 등장하는 매력적인 세 사람의 운명에 관하여 쓰려고 한다.
　예수 처형 당시 유대 총독이었던 빌라도는 "나는 이 사람의 죽음에 책임이 없소." 하고 손을 씻었지만 2천 년 동안이나 "본디오 빌라도 통치 아래 고난을 받으시고⋯." 하는 기독교인들의 저주에 갇혔다. "이 사람은 차라리 태어나지 않았더라면 더 좋았을 것이다." 하고 예수께서 탄식하셨던 가롯 유다는 신의 선택과 인간의 자유의지 사이에서 희생된 비극적 인물이다. 그 중에서도 가장 매력적인 인물은 '도마'이다. 가톨릭에서는 그를 '토마스'라고 부른다. 기독교 성경에는 도마라는 이름으로 등장한다. 어느 편이냐 하면, 나는 그를 도마라는 이름으로 부르기로 한다. 그는 의심하면서 괴로워하는 인간의 전형이기 때문이다. 요한복음에서 보자면, 그는 예수가 부활하였다는 다른 제자들의 말을 듣고 "나는 그분의 손에 있는 못 자국을 직접 보고 그 못 자국에 내 손가락을 넣어 보고 또 그분 옆구리에 내 손을 넣어 보지 않고는 결코 믿지 못하겠소." 하고 말하였다. 여드레 뒤에 제자들이 다시 집 안에 모여 있었는데 도마도 그들과 함께 있었다. 문이 모두 잠겨 있었는데도 예수께서 오시어 가운데에 서시며 "평화가 너희와 함께!"라고 말씀하셨다. 그리고 도마에게 이르셨다. "네 손가락을 여기 대 보고 내 손을 보아라. 네 손을 뻗어 내 옆구리에 넣어 보아라. 그리고 의심을 버리고 믿어라." 도마가 예수께 대답하였다. "저의 주님, 저의 하느님!" 그러나 이후의 행적에 대해서는 알려진 것이 없다. 「도마외전」에 의하면, 그는 인도에 가서 복음을 전하다가 최후를 마친 것으로 되어 있지만 알 수 없는 일이다. 그러나 의심하면서 괴로워하는 그의 모습이야말로 소설적 호기심을 자아내는 것이다.

나는 예수의 죽음과 관련된 이 사람들을 소설로 쓰고 싶은 것이다. 루오가 거친 붓을 휘둘러 투박하게 그려낸 그리스도처럼.

제목이 가리키는 바 그대로였다.

그러나 해명을 하자면, 그것은 다만 내 마음의 한 자

락을 드러낸 희망에 불과한 것일 따름이었다. 다른 말로
하자면, 나는 아직 소설을 쓰지 않으면서 스스로를 작가
인 것처럼 허세를 부리고 있었던 셈이었다. 그런데 보기
에 따라서는 그 내용이 매우 심각한 독신의 위험을 내포
하고 있었기 때문에, 그것을 읽은 사람들은 누구나 걱정
을 했다. 실지로 나는 네 명의 교수로 구성된 징계위원
회에 불려가 심문을 받았다.

"그러나 그것은 가상의 희망에 불과한 것입니다."

내가 이렇게 말하자 그들이 날카롭게 추궁했다.

"가상의 희망이라뇨?"

"말씀드린 그대로입니다."

나는 버텼다.

"다시 말하면, 그것은 제가 쓰고 싶은 글의 구상을 밝
힌, 그래서 가상의 희망을 담은 잡문에 불과한 것일 따름
입니다."

"그렇지만 학생은 이미 성경을 모독했잖소?"

그런데 이 대목에서 나는 다시 엉뚱한 말을 해버리고
말았다.

"지나가는 젊은 여자들의 모든 젖가슴은 아름답습니다. 그렇지만 그것을 아름다운 것으로 바라보는 것과 만지는 것은 전혀 별개의 일입니다. 어느 편이냐 하면, 저는 다만 그것을 아름다운 것으로 바라보려고 노력하고 있는 사람일 따름입니다."

내가 이런 뜻의 말을 하자 그들이 탄식했다.

"그것은 음란한 것일 뿐만 아니라, 간음하지 말라는 계명을 정면으로 어긴 것입니다. 관용을 베풀 여지가 없습니다."

그런데 나는 여기서 또다시 돌이킬 수 없는 최악의 대답을 해버리고 말았다. 1631년 런던에서 발간된 어떤 성경은 「악마성서」라고 불리는데, 그 까닭은 이 성경에 모세의 십계명 중 하나인 '너희는 간음하지 말지어다'가 '너희는 간음할지어다'라고 잘못되어 있기 때문이다. 그러나 이 말에 누구도 웃지 않았다. 우리는 이렇게 주고받은 뒤에야 나는 나의 언어가 남들과 다를 뿐만 아니라 내 의지와도 다르다는 사실을 발견하게 되었다. 자신에게도 그러는데 남들에게 있어서랴.

"나중에 부를 테니 돌아가 있으시오."

나는 기숙사로 돌아갔다. 퇴학이나 정학이 분명한 것처럼 보였다. 나는 짐을 싸놓고 창밖의 은사시나무 숲을 바라보며 서성거렸다. 하루가 지난 뒤에, 지도교수가 나를 불렀다.

"자네는 두 가지 중에 하나를 선택하는 방법이 있네."

그는 징계위원회에서 논의된 것들을 알려주었다. 나는 스스로 걸어서 학교를 나가든지, 아니면 징계위원회의 결정을 무조건 받아들이는 수밖에 없는 일이라고 그는 말했다. 그는 「요한슨신학교 60년사」 수석 편찬위원이었다.

"말하자면, 자네는 잠정적으로 학생 신분을 유지하면서, 실질적으로는 편집실 조교의 일을 할 수도 있게 된다는 것일세."

나는 징계위원회의 제안을 받아들이기로 하였다. 사실상 다른 방법이 없었으므로, 나는 우선 퇴학이 유예되어 학교에 한 학기 더 머물러 있을 수 있게 되었다는 사실에 안도감을 느꼈다. 사실상 딱히 갈 곳이 없는 나는 원룸으로 다시 돌아간다는 것이 더욱 오갈 데 없는 처지인 것처럼 생각되고 있던 참이었다. 다음날, 나는 짐을 풀어놓고 강의실 대신 요한슨신학교 60년사 편집실을 찾아갔다.

"우리 학교와 관련된 미국인 선교사는 세 분이야."

지도교수가 말했다.

"그 중에 한 분은 순교하였고, 한 분은 행방불명되었고, 한 분은 선교 활동을 마치고 자기 나라로 돌아갔어. 그들이 돌아간 뒤에, 한국인 목사들이 학교를 맡기 시작했지. 초대 교장이 강요한 목사야. 지금 생존해 계시는데, 은사시나무 숲 별채에 살고 있어. 이번 학기에 그분의 행적을 정리하기로 편집 계획을 짜놓았어. 자네가 우선 그분을 만나보게."

봄이라지만 봄 같지 않은 을씨년스러운 날이었다. 차갑고 메마른 바람이 은사시나무의 우듬지를 흔들고 있었다. 나는 옷깃을 움츠리고 차가운 숲을 지나 언덕길로 올라갔다. 숲에 가려 보이지 않던 오래된 벽돌 건물이 눈앞에 나타났다. 반쯤 열린 현관문 안쪽으로 휠체어에 앉아 있는 노인이 보였다. 차가운 바깥 날씨 때문인지 그는 낡은 홈스펀 담요 같은 것으로 하체를 감싸고 있었다. 아까부터 언덕길을 올라오고 있는 나를, 그는 꽤 오래 지켜보고 있었던 모양이었다.

"예수님께서 나다나엘에게 '네가 무화과나무 아래에 있는 것을 내가 보았다.'하고 말씀하신 적이 있어."

현관 앞으로 가자 그가 불쑥 말했다. 요한복음에 나오는 이야기였다. 예수께서 '보라 저 사람이야말로 참으로 이스라엘 사람이다. 저 사람은 거짓이 없다'라고 칭찬하셨던 의인 나다나엘을 만나기 전에, 그러니까 빌립이 예수님을 만나러 가자고 그를 부르기 전에, 무화과나무 아래에 있는 너를 내가 이미 보았노라고 말씀하시는 장면이었다. 나다나엘은 그 말을 듣고 예수에게 절대적인 신뢰와 외경의 마음을 가지게 되었지만, 나는 그 노인에게 어쩐지 호감이 가지 않았다. 젊어서부터 그는 자기 생각을 한 번도 구부린 적이 없는 사람인 것처럼 보였다.

"지팡이를 집어주게."

나는 휠체어 앞에 떨어진 지팡이를 집어주었다. 아까

부터 언덕길을 올라오고 있는 나를 보고 있었다고 그가 다시 말했다.

"어릴 적, 부모님이 일하러 가시면 나는 툇마루에 앉아서 먼 산을 바라보며 하루해를 보냈어. 산 너머에 무엇이 있을까 늘 궁금했어."

그는 지팡이를 짚고 일어나려고 하였다. 그런데 불편한 다리가 균형을 잃어버렸다. 그는 휠체어 손잡이를 잡고 서서 한참 동안 숨을 헐떡거렸다. 그것은 노쇠한 폐가 내뿜는 마지막 숨결인 것처럼 들렸다. 그러나 부축하려고 하자 그는 내 손을 뿌리쳤다. 무엇인지 알 수 없지만, 그는 단단히 화가 나 있는 것처럼 보였다.

"휠체어를 밀어주게."

나는 그의 휠체어를 밀고 거실 안으로 들어갔다. 거실 가운데 오래된 난로가 놓여 있었고, 뒤쪽 벽에는 바닥에서부터 천장까지 붙박이 책장이 늘어서 있었다. 책장에 꽂혀 있는 책들이 대략 5, 6백 권쯤 되는 것으로 보였다. 휠체어에 몸을 의지하고 사는 그가 어떻게 책을 빼서 읽는지는 알 수가 없는 일이었다.

"돌봐드리는 사람이 안 계십니까?"

내가 물었다.

"아주머니가 한 번씩 와."

그는 평상심을 회복한 듯이 보였다. 우리는 창문이 있는 쪽으로 가서 마주보고 앉았다. 나는 그에게 나의 방문 목적을 밝혔다. 내가 말하고 있는 동안에 그는 거의 눈을 감았다. 나는 그가 상대의 말을 듣고 있는지 졸고 있는지 알 수가 없었다. 며칠 겪어보고 나서야 나는 그가 졸음과 회상에 잠긴 무기력한 노인이 아니라는 사실을 알았다. 상대가 허점을 보이면 전광석화같이 공격하는 사람이라는 것을 알고 나는 긴장을 늦추지 않았다. 그런데도 그는 기분에 따라 이해하기 어려운 심술궂은 태도를 거침없이 드러냈다.

"자네 대답을 듣고 싶군."

어느 날, 그가 불쑥 말했다.

"가난한 산골 아이가 있어. 알사탕이 먹고 싶은 나머지, 교회에서 연봇돈을 훔쳤어. 자네가 목사라면 어떻게 하겠나?"

의도를 알 길이 없었으므로, 나는 그의 난처한 질문을 애매한 웃음으로 얼버무리는 수밖에 없었다.

"그런데 자네는 으스대기를 좋아하는 젊은이로 보이는군. 자네가 학생회지에 썼다는 글이나 징계위원회에 불려가 교수들 앞에서 했다는 말을 종합해보면, 자네는 으스대려고 했던 것이 분명해."

그가 우호적이지 않다는 사실은 분명했다. 때로는 더욱 엉뚱한 질문으로 나를 당황스럽게 하기도 했다. 성경에서의 어느 부분들, 예컨대 이집트에서 탈출한 이스라엘 백성들이 광야에서 헤맨 것이 몇 년이었느냐는 따위의 질문이 바로 그런 것이었다. 그러면 나는 주일학교에서의 오래된 기억을 더듬어, 그것이 아마 40년쯤 될 것이라고 대답했다.

"하필이면 왜 40년이었지?"

그는 추궁하듯 다시 묻고, 스스로 대답을 했다.

"구약에서 보자면, 「민수기」에 그것이 자세히 기록되어 있어. 이집트에서 탈출한 뒤에, 이스라엘 백성들은 모세에게 이끌려 젖과 꿀이 흐르는 약속의 땅을 찾아가고 있었어. 가나안 땅에 이르자, 여호와는 모세에게 명하여 각 지파를 대표하는 수장들로 구성된 정찰대를 보내게 하였어. 그런데 40일 동안 가나안 땅을 정찰하고 돌아온 그들은 공동체에게 이렇게 보고했어. '우리 눈에도 우리 자신이 메뚜기 같았지만, 그들의 눈에도 그랬을 것이다.' 그렇지만 그들은 소심하고 나약한 부족이 아니었어. 오히려 철저하게 약탈하고 죽이는 무자비한 사람들이었어. 여호와에게도 뻣뻣한 목을 숙이지 않았고, 불만에 차서 투덜거리고, 반항을 하면서 제 갈 길을 갔어. 왜 그랬을까?"

나는 여기서 서희의 말이 떠올랐다.

"그리스 신화에서 보자면, 세계는 처음 황금시대로 시작되었어. 그런데 은의 시대 뒤에 출현한 청동시대 인간들은 물푸레나무에서 열매처럼 떨어진 족속으로, 청동제 무기를 사용하고 육식을 하였으며, 게으르고 잔인하여 전쟁을 즐겼어."

그렇지만 그녀는 구약에 등장하는 그들이 청동시대 인간들이었다고 말하지는 않았다. 그러나 전쟁과 피와

161

죽음의 냄새로 가득 찬 구약의 수많은 이야기들을 종합해보건대, 그들이야말로 전쟁을 즐기는 청동시대 인간들이었음이 분명했다. 그런데 여호와는 왜 번번이 화를 내면서도 그들을 구름기둥과 불기둥으로 이끌었을까. 풀 수 없는 의문과 불가사의의 표지로 내 속에 남아 있던 그것을 강 목사는 이렇게 설명했다.

"이스라엘 백성들이 정찰하고 돌아온 그 땅에는 상대하기 어려운 사나운 낯선 인종들이 살고 있었어. 그래서 그들은 '주님께서는 어쩌자고 우리를 이 땅으로 데려와서, 우리는 칼에 맞아 쓰러지고 우리 아내와 어린것들은 노획물이 되게 하시는가? 차라리 이집트로 돌아가는 것이 더 낫지 않겠는가?' 하고 투덜거리고 원망하기 시작했어. 화가 난 여호와는 모세를 통하여 그들에게 이렇게 다짐했어. '이 악한 공동체가 언제까지 나에게 투덜거릴 것인가? 그들이 나에게 투덜거리는 소리를 나는 들었다. 그들에게 이렇게 말하여라. '내가 살아 있는 한, 너희가 내 귀에 대고 한 말에 따라, 내가 반드시 너희에게 그대로 해주겠다. 바로 이 광야에서 너희는 시체가 되어

쓰러질 것이다. 그리고 너희의 자식들은 너희가 모두 주 검으로 이 광야에 누울 때까지, 너희가 배신한 값을 지고 40년 동안 광야에서 양을 칠 것이다. 너희가 저 땅을 정 찰한 40일, 그 날수대로 하루를 1년으로 쳐서, 너희는 40 년 동안 그 죗값을 져야 한다!' 이것이 이스라엘 백성들 에게 다짐했던 여호와의 맹세였어. 자네는 이것을 어떻 게 생각하나?"

그는 이야기를 계속했다.

「민수기」에 기록된 그대로다.

그렇지만 아무리 좋게 생각을 하려고 해도 이것은 조 금 이상한 것이 아닌가. 하필이면 왜 40년인가. 「민수 기」의 저자는 그에 관한 전후 사정을 자세히 기술해 놓 고 있다. 여호와는 이스라엘 백성들이 당신의 뜻을 거슬 렀다고 단정하는 것이다. 젖과 꿀이 흐르는 땅으로 데려 갈 것이라는 약속을 의심하고 있었다는 것이다. 하지만 그것은 자기 백성을 의심하고 질투하는 노쇠한 부족장 의 비극이다. 아니, 그것은 구약시대를 관통하는 '어리석 은 유목민의 셈법'인 것처럼 보인다. 생각해 보라. 그 당시 아무리 부유한 족장일지라도 기르는 양이 수천 마리에 지나지 않았을 것이다. 그래서 그들은 해 질 무렵이면, 우리로 들어오는 양들을 세다가 '천!'하고 소리치면 셈이 다 끝났을 것이다. 거칠게 말하자면, 그들에게는 그 이상의 숫자 개념이 없었을지도 모른다. 그런데 여호와는 이스라엘 백성들이 가나안 땅을 정찰하러 갔다가 돌아온 40일을, 하루를 1년으로 환산하여, 40년 동안 광야를 헤매게 한다. 40일을 40년으로 환산하다니! 이것이야말로 '어리석은 유목민의 셈법'이 아니고 무엇인가. 우리는 여기서 노쇠한 부족신部族神의 비애를 보는 것이다. 그런데 우리는 달 표면에 인간의 발자국을 남긴 시대에 살고 있으면서 왜 '어리석은 유목민의 셈법'을 따라야 하는가. 우리끼리 말하기로 하자면, 그것은 그분의 창조의 실수에 관한 음울한 알레고리일 따름이다. 여기서 우리는 '그분을 쉬게 해야 한다'는 암시를 얻는다. 그렇다, 그렇게 쉬고 나면, 누가 아는가, 인간을 다시 창조할 수 있는 영감을 얻게 될지를! 그래서 나는 총회장이되자 '주님도 쉬게 하자'라는 캐치프레이즈를 내걸었다.

제발 그분을 쉬게 하자. 우리도 좀 쉬자!

"이것이 내 슬로건이었어."

나는 놀라서 그를 쳐다보았다.

"그런데 나는 강렬한 공격의 표적이 되고 말았어. 그들은 나를 이단으로 몰아붙였어. 교통사고로 다리가 마비된 나를 이 집에 유폐시켰어. 그들은 지금도 나를 감시하러 언덕길을 올라와!"

저벅저벅저벅, 그는 성한 발로 바닥을 밟았다. 저벅저벅저벅, 낡은 거실 바닥이 신음하는 것처럼 삐걱거렸다.

"그렇지만 가버린 시간들은….."

체념한 듯이 그가 말했다.

"어느 날, 예수님께서 베드로에게 말씀하셨어. '네가 젊었을 때에는 스스로 허리띠를 매고 원하는 곳으로 다녔다. 그러나 늙어서는 네가 두 팔을 벌리면 다른 이들이 너에게 허리띠를 매어 주고서, 네가 원하지 않는 곳으로 데려갈 것이다.' 이것은 예수님께서 베드로가 어떤 죽음을 맞이할 것인가 예고하신 것이야. 그런데 이제 와서 생각해 보면, 예수님은 우리의 노년을 그렇게 경고하신 것이야. 그래, 맞아. 우리는 원하지 않는 곳으로 데려온 세대이고, 그곳에는 노인의 고독과 비애가 있을 뿐이야."

취재가 끝나갈 무렵이었다.

"그렇지만 자네는 노인의 말을 귀담아듣지 말게. 세대는 세대마다 세대의 언어가 있어. 자네는 자네 세대의 언어를 따라가야 해."

그는 손을 저어 나를 배웅했다.

"어서 떠나게. 산 너머에는 또 다른 세계가 있어. 자네는 그것을 찾아 떠나야 해."

여름이 시작되려 하고 있었다. 나는 지도교수에게 작별 인사를 하고 학교를 나왔다. 신학교의 오래된 건물이 흐릿한 하늘 아래 중세의 음울한 성채처럼 서 있었다. 나는 빠르게 그 자리를 떠났다.

6

그날 새벽, 아버지는 어두운 거실에 나와 소파에 머리를 기대고 누워 계시다가 심장마비로 갑자기 세상을 떠났다. 어머니와 이혼을 한 뒤에 시장관사에 혼자 살고 계셨으므로, 아버지는 저 세상으로 떠나는 순간에도 손을 흔들어 배웅해 줄 사람이 아무도 없었다. 아침이 되어서야 가사를 돌봐주고 있는 아주머니에게 발견되었다. 죽음이 그렇게 갑자기 갈라놓으리라고는 또한 상상해 본 적이 없었다. 그런데 아주머니는 그것이 자기의 잘못이기라도 하는 양, 전화기 저쪽에서 겁에 질린 목소리로 울먹거렸다. 그러나 그것은 누구의 잘못도 아닌 것이며, 죽음이란 누구에게나 불가항력적인 것이므로, 조금도 걱정할 일이 아니라고 나는 아주머니를 안심시켜드렸다. 그러나 시청에는 바로 알리는 것이 좋겠다고 나는 말했다.

"우선 비서실에 전화하십시오."

아주머니는 잠깐 침묵했다.

잠시 뒤에, 아버지에게는 언제 다녀갈 것이냐고 그녀가 물었다. 이번에는 내가 잠깐 침묵했다. 아버지는 어머니와 이혼한 지 4년 되었다. 그것은 내가 군대에 가 있는 동안에 일어난 일이므로, 나는 두 분의 이혼에 대하여 빌라도처럼 손을 씻어버릴 수도 있는 일이었다. 그렇지만 나는 이미 깊은 상처를 입었고, 그 상처가 나를 고아의 심정으로 만들어버렸음을 알고 있었다. 그런데 아버지는 어머니와 헤어진 것이 언제인데 왜 여태 혼자 살고 계셨는지 알 수가 없는 일이었다. 그러나 나는 한 번이라도 아버지에게 그것을 물어본 적이 없었다. 그런데 이제는 원천적으로 물어볼 기회조차 사라져버렸다는 사실에 옆구리 한쪽이 빈 듯한 허전한 생각이 들었다. 그 뒤에는 후회를 곁들인 희미한 죄책감이 밀려왔다. 어머니의 경우와는 다르게, 나는 아버지의 죽음에 대하여 일정한 거리를 두고 있는 나 자신을 발견하였다.

"먼저 깊은 애도의 뜻을 전합니다."

비서실에서 연락이 왔다.

"시장님의 별세와 관련하여, 부시장님께서 유족을 만나고자 하시므로, 곧 방문해 주시기 바랍니다."

나는 외삼촌과 함께 시청으로 갔다.

그런데 시청은 아침부터 밀려든 시위대로 북새통이었다. 플래카드와 피켓을 든 사람들, 볼륨껏 시끄럽게 틀어놓은 확성기 소리, 주먹을 휘두르며 구호를 외치고 있는 사람들, 그들을 시청 밖으로 밀어내고 있는 경찰들까지 뒤엉켜 어수선했다. 여기저기 시청 담벼락에 내걸린 현수막들도 볼 만했다.

〈이번 조합장 선거와 관련하여, 홍어를 받은 조합원은 선거관리위원회에 자수하십시오. 자수하지 않으면 과태료가 50배 부과됩니다!〉 … 〈악덕 기업, ○○빵은 사지도 말고 팔지도 말고 먹지도 말

자!〉 ⋯ 〈시장님, 우리 시장님, 비닐하우스 천막촌
에서 보상도 없이 쫓겨나는 원주민들의 피눈물을
보면서, 밥이 목구멍으로 넘어갑니까!〉

그 사이에 경찰들이 시위대를 밀어붙이고 길을 뚫었
다. 경찰들이 곤봉을 휘두르며 진격하자 시위대들이 놀
라서 흩어지는 물고기 떼처럼 옆으로 쫙 갈라졌다. 우리
는 그 틈을 타고 시청으로 들어가 부시장을 만났다.

"시장님의 별세가 너무 뜻밖이어서, 저희들로서도 놀
란 마음을 진정할 수가 없습니다. 그러나 이것은 엄연한
현실이므로⋯."

부시장은 오랜 공직 생활에 지친 탓인지 중늙은이처
럼 늙어 보이는 얼굴이었다. 아침부터 출근하자마자 고
막을 때리는 시위대의 소음에 죽을 맛이라고 그는 말했
다. 그러는 동안에도 밖에서 밀려오는 시끄러운 확성기
소리가 쉴새 없이 사무실 공기를 휘저어 놓았다. 부시장
은 한숨을 쉬며,

"저희들은 시장님의 장례를 '시민장市民葬'으로 치를
계획입니다. 초대 민선시장이시므로, 그만한 예우를 해

드려야 한다는 생각입니다. 그런데 저희들로서는 이것이 모두 처음 겪는 일인지라….”

난감한 구석이 많다고 그는 말했다. 여기저기 알아보고는 있지만, 아직은 다른 지자체에서도 시민장에 관한 조례條例를 만들어 놓은 곳이 없는 것 같다는 것이었다. 시의회와 조율해야 하는 절차상의 문제도 남아 있다고 그는 말했다. 그런데 마침 시의회가 개회 중이므로, 그는 비서에게 우리를 시의회로 안내하라고 지시했다. 그리고 또 회의가 기다리고 있다고 하면서, 그는 주섬주섬 서류를 챙겨 들고 사무실을 나갔다.

“가시죠.”

비서가 우리를 안내했다.

시의회는 시청 뒤에 있었다. 회의장은 여남은 명 되는 의원들이 저마다 하나씩 큰 책상을 차지하고 앉아 있어서 휑하고 넓고 썰렁해 보였다. 방청석에 드문드문 시민들이 앉아 있었고, 단상에서 의원과 공무원 사이에 질의와 답변이 이어지고 있었다. 뒤이어 곧 ‘시민장 조례안’이 상정될 것이라고 비서가 말했다.

"이번에 상정된 '학교 구성원들의 성性과 생명윤리 규범 조례안'의 내용을 살펴보면…,"

하고, 단상에서 어떤 의원이 발언하고 있었다.

이번 조례안은 '혼인은 한 남성과 여성의 정신적 육체적 연합을 의미한다', '성관계는 혼인 관계 안에서만 이루어져야 한다', '남성과 여성은 개인의 불변적인 생물학적 성별을 의미하고, 이는 생식기와 성염색체에 의해서만 객관적으로 결정된다'는 등의 내용을 골자로 하고 있다. 시민과 학생들의 순결을 지켜야 한다는 기성세대의 책임감의 산물인 것이다. 그런데 이것은 학생들의 성적 자기 결정권과 인격권을 침해하는 내용일 따름이라는 터무니없는 비판에 직면해 있다. 일부 교육기관과 단체에서도 '순결과 절제를 강요하는 것은 시대착오적인 것'이라며 '학생들의 이성교제에 대한 고민이 높아지고 있는 만큼 순결교육보다 오히려 피임교육이 필요한 때'라는 주장을 전개하고 있다. 그러면서 그들은 '학생들의 성교육에 부정적 영향을 끼칠 수 있으며, 학생들의 인권을 무시하는 행위'라는 비난을 제기하고 있다. 심지어는

성관계는 꼭 부부간에만 이뤄지는 신성불가침의 것이냐
고 대놓고 비아냥거리는 사람도 있다. 그리고 어떤 사람
은, 숙박업소는 남자와 여자의 성적 욕구를 해결하기 위
해서만 존재하는 곳이냐고… 여기서 본 의원이 실소를
금하지 않을 수 없는 것은… 도대체 세상에 동의를 전제
로 하는 강간이 어디 있는 것이며… 학생들이 대낮에 몰
려 나와 성교를 하기 위해 위해업소를 기웃거린다는 것
은… 그러므로 이번에 상정된 이 조례안은… 요령부득
의 발언이 한참이나 더 이어지고 있었다.

"너의 어머니 서재에서 본 것이야."

외삼촌이 또 그런 이야기를 했다.

"만화책인데, 「그래도 지구는 돈다」라는 제목이었어.
회의를 하고 또 하고 있다가 고인돌이 되어버리는 사람
들을 그린 만화였어. 그런데 지금도 저런 꼬락서니를 보
고 있으려니….""

만화? 나는 쓴웃음이 떠올랐다.

그러나 외삼촌이 빈정거리는 말 그대로였다. 회의는
끝없이 계속되고, 사람들은 고인돌이 되어가는 것이었

다. 시민장 조례안이 상정되기를 한참이나 더 기다리고 있었지만 허사였다. 그 사이에 비서가 자리를 떴고, 우리도 회의장을 빠져나왔다. 원룸으로 돌아오자, 부시장실에서 다시 연락이 왔다.

"시의회에서 조금 전에 조례안이 통과되었습니다. 영결식은 절차에 따라 차질 없이 진행될 것입니다. 저희들로서는 최선을 다할 것이므로, 유족께서는 빈소를 지켜주시기만 하면 될 것 같습니다. 오후에 시청 앞 광장에 빈소가 설치됩니다."

나로서는 다른 의견이 있을 수 없었다.

영결식 절차는 격식에 따라 차질 없이 진행되는 듯했다. 그런데 뒤따라 일어난 어떤 것들은 그냥 보통으로 넘길 일이 아니었다. 아버지의 죽음이 시민들 사이에 알려지면서, 언론에서 온갖 추측성 기사들이 쏟아져 나오기 시작했다. 문제의 핵심은, 독신으로 혼자 지내고 있던 시장이 어느 날 갑자기 의문의 돌연사로 세상을 떠났다는 데 있었다. 신문이나 방송에서 그것을 기사로 다루기 시작했다. 그런데 그것은 이해단체나 소속 정당에 따라 전혀 다른 양상으로 나타났다.

「A신문」에서는 아버지의 죽음을 '풀뿌리 민주주의의 위기'라는 거대 담론으로 다루었다. 우리는 권위주의 시대를 마감하고 새로운 민주주의의 지평을 열었다. 세계 정치사에 유례없는 단기간의 변화를 통해, 우리는 풀뿌리 민주주의에 대한 확신을 갖게 되었다. 그런데 이번 시장의 유고에서와 같이, 그것은 언제 무너질지 모르는 취약성을 내포하고 있다. 그러므로 지도자의 죽음과 같은 돌발변수에도 무너지지 않는 제도적 장치를 마련해야 한다. 이것이야말로 이번에 우리가 슬퍼하는 시장의 별세를 헛되게 하지 않는 것이라고, 그 신문은 강조하고 있었다.

「B방송」은 '음모론'을 제기했다. 알려진 바와 같이, 지난번 시장 선거 결과는 유례없는 박빙 승부였다. 근소한 표 차이로 이루어진 승부에서는 패자의 승복을 기대하기 어렵고, 승자도 거기에서 오는 과도한 스트레스를 견디기 어렵다. 더구나 시장은 별세 직전에 시의회와 심각한 긴장 관계를 유지하고 있었다. 그것은 대규모 아파트단지 조성과 관련된 일이다. 시장은 그 의혹의 중심에 있었고, 시의회가 나서서 그 의혹을 파헤치고 있는 중이었다. 그것이 시장의 갑작스런 죽음과 관련이 있는 것이 아닌가 하는 것이, 그 방송이 제기하는 음모론의 핵심이었다.

「C일보」에서는 아버지의 죽음을 선정적인 기사로 다루고 있었다. 요즘 여러 지방자치단체에서 성범죄와 유사한 사건이 심심찮게 일어나고 있다. 그런데 그것은 대부분 베일에 가려진 채 의혹만 부풀리고 있다. 자치단체의 장이나 유력자가 연루된 경우가 많기 때문이다. 시장의 갑작스런 죽음도 그런 의혹에서 자유롭지 못하다. 시장의 돌연사는 이유 여하를 불문하고 그 자체가 의혹일 수밖에 없다. 시장이 독신이기 때문이다. 그러므로 시당국에서는 시민들의 의혹을 해소할 수 있는 적극적인 대책 마련에 나서야 한다. 다행히 국과수에 수사를 의뢰했다고 하니….

그런데 그 많은 논란들을 일거에 잠재운 기사가 나타났다. 지수가 자기네 신문에 쓴 '추도사追悼辭'였다. 「D

일보」는 유일하게 아침에 발행되는 조간신문이었다. 시민들은 이른 새벽 대문 앞에 배달된 그 신문을 집어 들고 집 안으로 들어가, 사회면에 크게 실린 추도사를 읽었다. 그것은 독자의 의표를 찌르는 기발한 발상의 시작이었는데, 지수는 '시장'을 부족 시대의 '족장族長'으로 설정해 놓았고, 요즈음 볼 수 없는 장엄한 의고체 문장을 구사하여, 평범한 일반 독자들의 눈을 휘둥그레 놀라게 해놓고 말았다.

새벽에 홀로 떠나신 시장님!
죽음은 허리케인보다 더 빠른 풍속과 세찬 위력으로 지상의 것들을 휩쓸어갑니다. 그것은 모든 것의 최상급이며, 죽음이 있는 한 모든 살아 있는 것들은 한낱 꿈결에 지나지 않은 것입니다. 우리는 황막한 벌판을 바라보듯 그것을 아득한 시선으로 응시하면서, 저마다 처지가 다른 슬픔에 잠겨 있습니다. 서로 느낌은 다르지만 우리는 하나같이 불안하게 흔들리는 눈빛으로 바깥세상을 내다보고 있는 것입니다. 그것은 애초 저 시베리아 등지에서 가혹한 자연과 싸우며 수렵으로 삶을 영위하던 족속들의 얼굴입니다. 그러다가 그들은 풍부한 물산과 온화한 기후를 찾아 차츰차츰 남쪽으로 이주해 내려왔습니다. 그들이 바로 역사에 등장하기 시작하는 빗살무늬 토기인들입니다. 이주를 끝낸 그들은 강가나 바닷가에 조개무지를 형성하고 살았습니다. 습지와 호수에는 철새와 어류가 풍부하게 서식하고 있어서 식생활에 많은 도움을 주었습니다. 그리고 자연조건에 알맞은 농경이 발달하자, 봄에는 씨를 뿌리고 가을에는 거두고, 겨울을 위해서는 식량을 저장할 수도 있게 되었습니다. 그리하여 삶의 방식이 성립되자 이제는 죽음의 문제가 제기된 것입니다. 죽은 자를 기억하고 매장하는 것은 인간만이 가지는 특징 가운데 하나입니다. 우리는 짐승으로부터 떨어져 나와, 비로소 인간이 된 것입니다. 그리하여 청동기시대를 거쳐 초기 철기시대에 이르자 이 지방에 독특한 묘지 형태가 발달하게 됩니다. 우리는 그것을 지석묘支石墓라 부릅니다. 어느 날, 족장의 죽음이 가까이 왔다는 소식이 부족에게 전해집니다. 슬픔에 잠긴 그들은 족장의 영혼이 안주할 집을 짓기 위해 채석장에서 수십 톤 무게의 바윗덩이를 운반해 옵니다. 훗날 지석묘로 기넘될 거대한 덮개돌 앞에서, 부족의 샤먼이 이 모든 장엄한 의식을 집전합니다. 그는 신령한 청동방울을 흔들며, 하늘의 해와 달과 지상의 모든 것들에게 족장의 죽음을 알립니다. 그리하여 부족의 흐느낌에 싸여, 족장은 영원히 지석묘 아래 눕는 것입니다. 그렇습니다, 시장님, 우리들의 족장이시여. 당신은 지석묘 아래 누워… 세상의 모든 감각에서 벗어나… 바람에 씻긴 시간을 응시하며… 당신의 묘비를 읽을 근심도 없이….

영결식 동안, 나는 거의 혼자 빈소를 지켰다.

문상객들은 차례로 들어와 아버지의 영정 앞에 국화꽃 한 송이를 바치고 묵념을 한 뒤에, 유족 대표로 서 있는 나를 한 번 힐끗 쳐다보고는 썰물처럼 빠져나갔다. 그리고 아무도 다시 돌아오지 않았다. 애초부터 나는 그들과 상관이 없었고, 그들도 나와는 아무 상관이 없는 사람들인 것처럼 보였다. 지수가 추도사에서 심하게 허풍을 떤 것처럼, 아버지는 다만 무거운 고인돌 아래 묻혔을 따름이었다. 그것은 역사 이전의 일이었으며, 현실로 나타나기 이전의 관념, 그리하여 실재가 아니라 추상에 불과한 것처럼 보였다. 시간이 흐르면서, 아버지의 죽음을 그렇게 받아들일 수밖에 없음을 인정하자 오히려 마음이 편해졌다. 열두 살 무렵, 교회에서 내가 주일학교 여교사 서희에게서 들었던 것처럼, 나는 아버지와 어머니에게서 떨어져나와, 위험한 갈대바다를 건너 천신만고 끝에 시나이반도에 이른 이스라엘 백성들처럼, 구름기둥에 이끌려 어딘가로 또 흘러가야 하는 유목민이었는지도 모르는 일이었다. 나는 비로소 내가 완전히 고아가 되었음을 알았다.

*　　*　　*

머칠 뒤, 요양원으로부터 연락이 왔다.

요양원과 부속 시설들, 병원과 추모관을 이전하게 되었으니 오셔서 확인해 달라는 내용이었다. 그러잖아도 어머니의 1주기가 가까워졌으므로, 나는 곧 요양원에 가려던 참이었다. 그런데 사무장은 요양원을 왜 이전하게 되었는지 그 전후 사정은 설명해 주지 않았다.

"와보시면 아실 테니까요."

하고, 그는 말했다.

"요양원 이전 설명회는 사전에 계획된 것이므로, 시간에 맞춰 방문해 주시면 고맙겠습니다."

나는 연락을 받은 다음 날 출발했다. 그런데 요양원으로 가는 버스는 도중에 면 소재지 마을에서 멈춰버렸다. 요양원까지는 십 리쯤 더 가야 하는 거리였다. 지난여름에 내린 폭우로 다리가 유실되어 공사 중이므로, 그곳까지 갈 수 없다고 버스 기사가 말했다. 목적지까지 걸어가야 한다는 일방적인 통고였지만, 선택의 여지가 없는 일이었다.

"한 시간쯤 걸어가야 할 걸요."

요양원이 있는 마을을 묻자 버스 기사가 대답했다. 나는 어떤 중년 남자와 함께 버스에서 내렸다. 버스에서 내리자 어디선지 한가하게 우는 낮닭 울음소리가 들려왔다. 그것은 나에게 무한히 늘어난 듯한 한가로운 시간을 느끼게 했다.

"온수리에 가신다구요?"

중년 남자가 뒤에서 말을 걸어왔다. 눈빛이 맑아서 생각이 깊은 사람인 것처럼 보였다.

"동행이 있어서 다행이군요."

우리는 들판 가운데 길게 뻗어 있는 농로를 따라 걸어갔다. 추수를 기다리고 있는 볏논 위로 멧새가 몇 마리 떼를 지어 표르르표르르 날아갔다. 작지만 날렵해서 행복하게 보이는 새들이었다.

"그런데 날씨가 왜 이렇죠?"

갑자기 들판이 어두워져서 쳐다보니, 머리 위에 검은 모루구름이 모여들고 있었다. 표변하기 쉬운 가을 날씨라지만 변덕이 심해서 갈피를 잡기가 어려웠다. 어둡게 엉긴 모루구름 속에서 갑자기 창백한 번개 불빛이 번쩍였다. 멀리서 아득히 우렛소리가 들리더니, 이내 후드득 빗방울이 듣기 시작했다. 그것이 눈 깜짝할 사이에 굵은 빗줄기로 변해 눈앞으로 몰려왔다. 언젠가 내가 섬에서 만났던 폭풍우만큼이나 세찬 비였다.

"굉장한데요!"

중년 남자가 비명을 질렀다.

"이쪽으로 오세요!"

근처에 마침 큰 비닐하우스가 있었다. 주인인지 청년 한 사람이 비닐하우스 입구에 서서 밖을 내다보고 있다가 우리를 향해 소리를 질렀다. 우리는 망설일 틈도 없이 비닐하우스를 향해 달려갔다. 세찬 빗줄기가 우리의 발꿈치를 뒤따라 성난 기세로 몰려왔다. 비닐하우스 천장이라도 뚫어버릴 듯이 세찬 빗줄기였다.

"그러나 가을비는 종잡을 수 없어요."

청년이 말했다.

"저쪽을 보세요. 벌써 한 쪽이 훤해지고 있잖아요?"

청년이 빗줄기 사이로 들판 건너 먼 하늘을 가리켰다. 캄캄한 터널 너머로 전개되는 다른 세상인 것처럼 그곳은 환하고 밝게 빛났다. 시커멓게 엉긴 구름 사이로 벌써 눈부신 햇살이 쏟아지고 있었다. 하늘에서 마치 황금색 실타래가 쏟아지고 있는 것 같았다.

"여우비라서 곧 그칠 것입니다."

우리는 비닐하우스 안쪽에 놓인 평상에 나란히 걸터

앉았다. 청년은 혼자서 일을 하다가 쉬는 참인 모양이었다. 평상에 술병과 안주 접시와 과자봉지가 여기저기 놓여 있었다.

"옷이 젖었는데 괜찮겠어요?"

우리는 수건으로 머리와 겉옷의 물기를 대충 닦아내자 그런대로 견딜 만했다. 청년이 플라스틱 그릇에 막걸리를 따라 중년 남자에게 권했다. 청년은 토마토 농사를 짓고 있는 것 같았다. 그런데 농사가 실패한 것인지 끝물인지 열매들은 보기에 영 시원찮았다.

"이것저것 해보지만 신통한 것이 없어요."

하고, 청년이 다시 말했다.

"그래서 이 비닐하우스를 걷어내고, 차라리 유리온실로 바꾸면 어떨까 궁리를 하고 있는 중입니다."

청년은 혼자 일하면서 말 상대가 그리웠던지 묻지도 않은 말을 이것저것 늘어놓았다. 농협에서 마침 농자금 대출을 해주기로 결정이 되었다고 그가 다시 말하는 것이었다. 유리온실이라면 컴퓨터로 짓는 농사가 아니냐고 중년 남자가 끼어들었다. 그래서 지난여름에는 읍내

농협에 다니면서 컴퓨터교육도 받아두었다고 청년이 말했다. 그런데 요즈음 방송에서 보면, 내년부터 '밀레니엄버그'로 대혼란이 올 것이라고 법석들인데 그것이 무엇인지 알 수가 없어 걱정이라는 것이었다.

"밀레니엄버그란, 컴퓨터 보급 초기에 값이 비싼 기억장치와 디스크 사용량을 최소화하려는 목적으로, 연도年度 표시 네 자리 중 마지막 두 자리만을 사용한 데서 기인한 것입니다."

하고, 나는 설명해 주었다.

"그래서 앞으로 몇 달 후에 2000년도가 시작되면, 현재까지 보급되어 있는 모든 컴퓨터는 하나같이 연도 표시의 마지막 두 자리만을 인식하게 되므로, 예를 들자면 1999년 1월 1일과 2000년 1월 1일을 똑같은 날로 인식하게 되어버린다는 것입니다. 이로 인해, 눈앞에 다가오는 2000년 1월 1일부터는 연도를 참조로 하는 작업을 할 때 컴퓨터가 장애를 일으켜, 연도 표시나 날짜 계산이나 순위 결정 등의 처리에서 일대 혼란이 일어날 것으로 예상이 된다는 것입니다."

내가 이렇게 설명해 주자,

"아하, 그렇군요!"

청년이 감탄인지 비명인지 모를 소리를 질렀다.

"실례지만, 몇 년생이시죠?"

어차피 나는 더 설명할 필요가 있어서 이렇게 물었는데, 그는 나와 동갑인 1975년생이었다.

"예를 들자면, 당신이 좋아하는 어떤 노래를 생일 아침에 울리도록 컴퓨터 프로그램을 설정해 놓았다고 가정해 봅시다. 그런데 컴퓨터는 2000년이 되면 1999년으로 인식을 해버리므로, 당신이 태어난 1975년은 컴퓨터상에서는 아직 돌아오지 않는 해가 되는 것이어서, 당신은 생일 아침에 그 노래를 들을 수 없게 되어버리는 것입니다. 다른 말로 하자면, 2000년이 되는 내년부터는 컴퓨터상에서 당신은 세상에 아직 태어나지 않는 것이나 마찬가지가 되는 것이므로, 조금 더 이상하게 말하자면, 당신은 결국 이 세상에 존재하지 않는 사람이 되어버린다는 것입니다."

청년은 다시 감탄인지 비명인지 모를 소리를 내질렀

다. 나는 그의 반응이 재미있었다. 그는 정말로 놀란 것 같기도 하고, 일부러 과장된 포즈를 취하고 있는 것처럼 보이기도 했다.

"그럼 몇 달 후에는….."

하고, 그는 열을 냈다

"당신이나 나나 우리 모두가 컴퓨터상에서는 이 세상에 태어나지 않는 사람이 되어 있겠군요!"

이론상으로는 충분히 그럴 개연성이 있는 것이라고 나는 말했다. 참으로 희한한 세상이라고 청년은 연신 감탄을 그치지 않는 것이었다. 중년 남자도 조용히 귀를 기울이고 있었다.

"요즈음, 그래서 비관론자나 회의주의자들은 컴퓨터의 오작동으로 핵전쟁이 일어나 지구가 종말을 맞이할 수도 있다고 걱정들을 하면서, 아우성치고 있습니다. 근거 없는 걱정들은 아닌 것이죠. 지금은 모든 것들이 컴퓨터에 의존하고 있는 세상인데, 밀레니엄버그로 예상되는 그런 대혼란이 닥치지 않으리라는 아무런 보장이 없거든요."

그러는 사이에 비가 그쳤다. 우리는 청년의 배웅을 받으며 비닐하우스 밖으로 나왔다. 비에 씻긴 들판과 산들이 정갈한 모습으로 다가왔다. 대기 중에 산뜻한 차가움과 따뜻함이 적당하게 배어 있었다. 하늘에는 때마침 영롱한 무지개가 걸렸다.

"하늘정원으로 오르는 사닥다리 같군요."

무지개를 바라보면서 중년 남자가 하는 말이었다. 나는 그 비유가 마음에 든다고 말했다. 무지개는 정말 하늘나라 정원으로 오르는 사닥다리처럼 공중에 높이 걸려 있었다. 우리는 걸음을 멈추고 서서 고개를 쳐들고 한참 동안 그것을 바라보았다. 아니, 그것은 비유가 아니라 아내가 다니는 교회의 이름이라고 중년 남자가 다시 말했다.

"교회라면,"

하고, 내가 말했다.

"요즈음 방송에 자주 등장하는 그 종말교회인가요?"

종말이 아니라 그들의 주장대로라면, 그것은 멋진 신세계의 도래를 의미하는 것이라고 중년 남자가 말했다.

조용하고 침착한 태도여서, 속내를 알아보기가 어려운 사람인 것처럼 보였다. 그런데 자신도 그 교회와 밀접한 관련이 있다는 사실을 그는 숨기려고 하지 않았다.

"왜냐하면, 실상은 아내보다 제가 먼저 다니던 교회였으니까요."

그러나 자기는 이제 아내와 전혀 다른 방향으로 제 갈 길을 가고 있을 따름이라고 그는 말했다. 그러면서 가방에서 작은 책자로 된 유인물을 꺼내 나에게 보여주었다. 그것은 「하늘정원교회」라는 이름의 단체에서 발행한 종말론 교리 소개 책자였다.

"우선 이 대목을 읽어 보십시오."

나는 그곳에 수록된 마태복음의 일절을 읽었다.

그것은 아들의 혼인 잔치에 손님들을 초대하는 어느 임금에 관한 이야기였다. 임금은 종들을 여러 고을로 보내어 잔치에 초청받은 사람들을 불렀으나 그들은 누구도 오려고 하지 않았다. 그래서 다른 종들을 보냈지만 초청받은 사람들은 오히려 그 종들을 붙잡아 때리기도 하고 죽이기도 하였다. 그래서 임금은 몹시 노하여 군대를 풀어서 그 살인자들을 잡아 죽이고 그들의 동네를 불살라버렸다. 그리고 종들에게 거리에 나가서 아무나 만나는 대로 잔치에 청해 오라고 말하였다. 그래서 종들은 거리에 나가, 나쁜 사람 좋은 사람 똑똑한 사람 모자란 사람 할 것 없이 만나는 대로 다 데려왔다. 그리하여 잔칫집은 손님으로 가득 차게 되었다. 그런데 임금이 손님들을 보러 들어갔더니 예복을 입지 않은 사람이 있었다. 임금은 그를 보고 예복도 입지 않고 어떻게 여기에 들어왔느냐고 물었다. 그가 말을 못하자 임금은 종들에게 그 사람의 손발을 묶어 바깥 어두운 데로 내어 쫓으라고 명령하였다.

"어때요?"

중년 남자는 마태복음의 그 구절들이 하늘정원교회에서 내세운 종말론 교리의 요체라고 말했다.

"하늘정원교회에서는, 그래서 새로운 세기가 시작되는 내년이 바로 종말의 해가 된다는 주장을 내세우고 있는 것이죠."

하면서, 그는 설명을 이어 갔다.

"여기서 내년이면 먼 것 같지만 실상은 석 달밖에 남지 않았어요. 그래서 얼마 전에는 그 교회 목사가 세상을 향하여 마지막 경고를 하고, 최후의 선언을 했어요. 이제부터 초대받은 사람들의 숫자를 세는 카운트다운을 시작한다고요. 홍수로 사라질 세계를 향하여 노아가 마지막 방주의 문을 닫아버린 것처럼 말이죠."

그렇지만 비유에서 드러난 모순에서와 마찬가지로, 그 교회에서도 문제는 오히려 그 예복에 있는 것 같다고 나는 말했다. 인용된 구절에서, 예복 이야기는 앞뒤로 논리가 맞지 않는 불필요한 언급인 것처럼 보인다. 왜냐하면, 그들은 길을 가다가 무슨 영문인지 모르는 채 잔치에 초대되었기 때문이다. 그런데 임금은 그 중에 예복을 입지 않은 사람을 지목하여 하인들에게 바깥 어둠속으로 쫓아버리라고 명령하였다. 그것이 앞뒤로 논리에 맞지 않는다는 것은 삼척동자라도 알 만한 일이 아니냐. 그런데도 하늘정원교회에서 그 예복을 구원의 징표로 삼고 있다는 것은 너무 뻔한 모순과 억지가 아니냐. 그래서 모든 사이비 종말론에서와 마찬가지로, 그것은 신자들을 미혹하는 전형적인 속임수에 지나지 않은 것처럼 보인다. 이렇게 말하자 중년 남자는 한숨을 쉬며 속내를 털어놓고 말았다.

"그런데 그 예복이 얼마짜리인지 아십니까?"

하고, 그는 실토하고 말았다

"아내는 그 예복 값으로 집과 재산을 있는 대로 몽땅털어 교회에 헌납했어요. 아무도 모르게 감쪽같이 진행된 일이었죠. 그리고 아내는 이곳 어딘가에 있다는 기도원으로 갔는데….""

중년 남자는 혹시 아내를 만날 수 있을까 하고 지금그 기도원을 찾아가는 중이라고 말했다.

"그야말로 묵시론적인 잡담이군요."

하고, 나는 말했다.

"그러나 어차피 1999년은 지나가게 되어 있습니다. 그렇게 한 해가 저물면, 우주의 법칙에 따라, 또다시 새로운 해가 떠오르는 것이죠. 누가 그것을 막을 수 있겠습니까?"

우리는 들판을 건너 갈림길에서 헤어졌다.

중년 남자는 나에게 목례를 남기고 돌아섰다.

나는 그가 종말교회 기도원을 찾아갔다가 다시 돌아오지 못하고 말 것만 같은 괜한 걱정이 들었다. 혹은 기도원 사람들에게 잡혀 캄캄한 지하실에 갇히게 될지도 모르는 일이었다. 앞뒤가 없는 그런 생각을 하면서, 나는 한참 그의 뒷모습을 지켜보고 있다가, 냇물 위에 임시로 놓인 통나무다리를 건너 마을로 들어갔다. 마을을 지나서 언덕을 넘어가자, 요양원이 보이기 시작했다. 그런데 그곳에서 갑자기 엄청난 기계 소리가 귀청을 때리며 들려왔다. 무슨 일인가 하고 살펴보니, 마을 뒤에서 불도저 여러 대가 굉장한 힘으로 땅을 밀어붙이고 있었다. 검붉게 파헤쳐진 주변의 어수선함은 물론이려니와, 불도저의 굉음까지 도무지 현실 같지가 않았다.

"땅을 보러 오셨습니까?"

마을 입구에 멍하니 서 있는 내 곁으로 어떤 젊은 남자가 다가오며 말을 건넸다. 그는 '희망부동산'이라는 아크릴 간판이 붙어 있는 컨테이너 박스 문을 열었다. 남자가 그 안에서 동그란 의자를 들고 나오더니, 나에게 앉으라고 권하며 말했다.

"부동산 소개업을 하고 있습니다."

하고, 그는 자기소개를 했다.

"지난봄에 이 마을 뒤 산자락에서 온천이 터졌어요. 수질 검사 결과 최고의 온천수로 판명이 되었죠. 아마도 해방 후에 발견된 온천수로서는 최고라는 검사 결과가 나온 것이죠. 하룻밤 사이에 천지개벽이 되면서, 땅값이 벌써 수십 배로 뛰어올랐답니다."

그렇지만 투자를 위해 좋은 땅을 구입할 계획이라면, 어느 때나 그랬던 것처럼, 지금도 아직 늦지 않은 것이라고 그는 말하였다. 왜냐하면, 이곳은 너무나 궁벽한 산골이라서 이제까지는 전국에서도 땅값이 가장 싼 편이었기 때문이라는 것이었다. 그러므로 하루가 다르게 치솟고 있긴 하지만, 그러나 다른 지방에 비하면 아직도 땅값이 무척 싼 편이라고 그는 강조하였다. 나는 우선 요양원이 궁금하여 그의 말을 듣고 있을 수가 없었다. 나는 요양원이 어떻게 될 것이냐고 물었다.

"요양원이오?"

부동산 중개인이 갑자기 시큰둥한 표정을 지으며 말했다.

"이 근방에서는 요양원이 제일 대박이 난 것이죠. 요양원 부지가 몇백만 평이나 되거든요. 요양원도 곧 이전하게 될 모양입니다."

요양원 사무장이 그것을 나에게 다시 한 번 확인해 주었다.

"원장님은 선견지명이 있었던 것이죠. 요양원 부지가 몇백만 평 되거든요. 그것을 팔아 새 부지를 마련한 것이죠. 요양원을 통째로 옮기고도 돈이 남아서…."

나는 발길을 돌리는 수밖에 없었다. 추모관도 지금보다 훨씬 더 크고 으리으리한 좋은 시설로 이전할 계획이므로, 어머니에 대해서는 조금도 걱정할 필요가 없는 일이라고 사무장이 다시 말하는 것이었다. 마지막인 듯이, 나는 어머니를 만나러 갔다.

"어머니."

나는 어머니의 사진 앞에 섰다. 생시인 것처럼 호흡이 느껴지고, 표정의 움직임이 전해졌다.

"어머니, 아버지가 돌아가셨어요."

하고, 내가 말하자,

"응, 그래, 알아."

어머니가 그렇게 말씀하시는 것 같았다.

"우리는 모두 그렇게 헤어진단다."

"어머니, 또 올 수 있을까요?"

그렇지만 알 수가 없었다. 나는 어머니를 다시 볼 수 있을지 알 수가 없는 일이었다. 그것이 가시처럼 내 마음을 찔렀다. 어머니가 미소를 보냈다.

"아들아, 아들아."

어머니가 손을 저었다.

"가거라, 어서…."

7

원래의 이름은 「둥지 문학촌」이었다.

그런데 지수는 그것을 비틀어서 「뻐꾸기둥지 문학촌」이라는 이름으로 바꿔 불렀다. 일종의 유머로서, 그것은 남의 둥지에 알을 낳고 그 알이 부화하여 원래의 새끼들을 둥지 밖으로 밀어내버리는 뻐꾸기의 사악한 습성에 대한 일종의 풍자를 담고 있는 것처럼 보였다. 지수의 말에 나도 동의했다. 소설가라는 사람은 후배들의 머리를 쓰다듬어주는 것 같지만 실상은 항상 그들을 뒷발로 걷어차고 있는 것이라고 말한 작가가 있었다. 지수는 뻐꾸기둥지 문학촌이라는 이름이야말로 소설가의 그런 기질과 속성을 잘 드러낸 것이라고 말했다.

"그래서 그곳에 입주하여 소설을 쓴다면, 너는 틀림없이 뻐꾸기 새끼처럼 남들보다 월등한 작품을 낳을 수 있을 것이야."

그러면서 그는 나의 관심을 밖으로 끌어내려고 애썼다. 그는 속으로 내가 완강하게 마음의 빗장을 닫아놓고 있는 것이라 생각하고 있는 것 같았다. 하지만 나는 무엇을 어떻게 하겠다는 뚜렷한 마련이 있었던 것은 아니었다. 희미하게나마 바라는 것이 있었다면, 그것은 다만 하나의 희망일 수도 있었지만, 나는 새로운 테마를 설정하여 그것을 다시 소설로 쓸 수 있을 것인가 스스로에게 묻고 있었던 것이다. 그러던 어느 날 지수가 원룸으로 불쑥 찾아왔다. 메모지를 달라고 하면서, 그는 거기에 대뜸 「냄새에 대한 추측」이라고 썼다.

"냄새?"

"응, 지금 쓰고 있는 소설 제목이야. 작품을 새로 시작했어. 냄새 때문에 감각 체계가 혼란을 일으킨 사람의 이야기야. 후각이 만들어내는 이미지들, 냄새가 있는 사람 없는 사람, 좋은 사람 나쁜 사람, 향기로운 사람 역겨운 사람…, 이렇게 냄새로만 상대를 보는 사람의 이야기야. 너는 어때?"

나는 오히려 후각이 둔해서 냄새를 모르고 지내는 편이라고 말했다.

"왜 이런 이야기를 하느냐 하면…."

하면서, 그는 다시 말했다.

"기자란 램프의 노예, 빛의 하인이라고 말한 사람이 있어. 신인문학상 당선 뒤에 특채로 시작한 기자 생활은 나에게 그 공허한 삶을 충분한 후회로 일깨워 주었어. 이것이 최선은 아닐지라도, 이제야 나는 내가 하고 싶은 이야기를 하고 싶다는 생각이 든 것이야."

그러면서 그는 뻐꾸기둥지 문학촌에 입주하면 집필실과 숙소가 제공되고. 숙식이 무료로 제공된다는 사실을 자세히 설명해 주었다. 그렇지만 나는 그곳에 입주하여 글을 쓴다고 한들 그것이 얼마나 대단한 성취를 이룰 것인가 의심이 드는 것을 어쩔 수 없었다.

"그렇지만 너는 이제 이 동굴에서 나와야 해."

뻐꾸기둥지 문학촌으로 가면, 너는 그곳에서 다시 새롭게 신춘문예를 준비할 수도 있을 것이라고 그는 말하는 것이었다.

"신춘문예?"

나는 찔끔 되물었다.

"응, 실상은 그 이야기를 하려고 했던 것이야."

지수는 진지했다.

"고교시절, 신춘문예는 우리들의 일대 로망이었지. 그런데 나는 어쩌다 문예지 신인문학상을 수상하고 말았어. 빛나는 성취인 듯이 보였지만, 실제로는 총잡이들이 우글거리는 광야로 쫓겨나고 말았던 것이야. 그렇지만 인정사정 볼 것 없어. 뻐꾸기둥지 문학촌으로 가서, 너는 그곳에서 알을 낳아야 해. 다른 알들을 둥지 밖으로 밀어내버리고라도…."

그렇지만 나는 군대에서 내가 어떻게 「새의 전설」을 포기하게 되었는가를 고백하지 않을 수 없었다.

"군대에서 내가 겪은 일들은 세계의 무의미와 관련된 것이야. 이를테면, 밤마다 북녘 해안포대에서 쏘아 올리던 강렬한 서치라이트, 레이더 안테나에 흐르던 수만 볼트 고압 전류, 사이트로 가는 위험한 고갯길에서 필사적으로 차를 몰던 운전병들, 개에게 수음을 시키던 하사관, 메뚜기 떼를 기다리다가 바다로 나가 돌아오지 않은 젊은 어부… 밖에서 보면 하찮은 것들일 수도 있지만 군대에서는 그것이 일상이었고, 하루하루를 버티는 생존의 방법이었어. 그런데 나는 그 무의미 속에서 「새의 전설」을 쓰며 괴로워하고 있었던 것이야. 그것을 완성하면 나는 내가 십대의 편력을 끝낼 수도 있으리라 생각했어. 그런데 어느 날 나는 그것이 구름 위를 걷듯 정처 없는 것이라는 사실을 발견하고 말았어. 겉으로는 태연하게 아무렇지 않은 듯이 보였지만, 나는 속으로 이미 깊은 내상內傷을 입은 것이야. 그런데 나는 지금도 여전히 그런 감수성에 이끌려….”

그러니까 잘된 일이 아니냐고 지수는 강조했다. 그러므로 뻐꾸기둥지 문학촌에 입주하여 다시 소설을 쓴다면, 너는 아마 그 무중력 상태에서 벗어날 수도 있을 것이라고 말했다. 왜냐하면, 너는 그것으로 십대의 감수성을 벗어날 수도 있기 때문이라는 것이었다.

"선택의 여지가 없어."

그는 계속 내 등을 떠밀었다.

"너는 지나간 시간들의 기억에 매달려 있을 수 없어. 너는 다시 시작해야 해. 시간은 너에게 우호적인 것이 아니야. 적개심을 품고 있는 것도 아니야. 그저 무관심한 것일 따름이야. 그런데 너는 혼자 상상하면서, 불필요한 대결의 자세를 취하고 있어."

정말일까, 하고 나는 자문해 보는 것이었으나 알 수가 없는 일이었다. 나는 결국 입주신청서를 작성해서 둥지 문학촌으로 보내고 말았다. 며칠 뒤에 그곳에서 입주 결정 통지서가 왔다.

"사실 이만한 혜택이 쉬운 것은 아니죠."

둥지 문학촌으로 가자 사무국장이 말했다.

"젊은 시절, 우리 사장님은 꿈 많은 문학청년이었답니다. 시인이 되려고 하셨던 것이죠. 그런데 너무 배가 고파서 시를 쓸 수가 없었답니다. 그래서 돈을 벌기로 했는데, 오십이 될 때까지 열일곱 가지 직업을 전전하셨답니다. 그런데 이제는 골프장과 호텔과 대규모 리조트를 거느린…."

나는 1층 맨 구석방으로 배정되었다.

야트막한 산으로 둘러싸인 작은 분지였다. 북쪽을 가로막은 산들의 연봉이 동쪽으로 달려가고, 햇빛에 반짝이는 작은 개울물이 마을을 굽이돌아 서쪽으로 흘러가고 있었다. 마을과 둥지 문학촌 사이에 학교 운동장 만한 작은 저수지가 있었다. 해가 질 무렵이면, 그곳에 골짜기와 산들의 그림자가 수묵화처럼 내려와 앉았다. 나는 간혹 그곳으로 나가 저수지 둑을 거닐었다. 저수지에서는 파문처럼 늘 서늘한 바람이 일었다. 나는 아무도 없는 물가의 그 고요가 좋았고, 마음에 스며드는 한적함이 좋았다.

그러나 가을이 깊어지자 초조감이 밀려오기 시작했다. 신문마다 신춘문예 모집 공고가 나오기 시작했다. 심지어는 작품을 시작하기도 전에 당선소감부터 쓰고 있는 자신을 발견하고 쓴웃음을 짓기도 했다. 그래도 잠이 오지 않으면, 낚싯대를 챙겨 들고 저수지로 갔다. 세상이 잠든 한밤중에 아무도 없는 물가에 앉아, 텅 빈 세계의 고요를 응시하고 있으면 마음이 가라앉았다. 그런데도 나는 여전히 무엇을 하려는 것인지 알 수 없었고, 왜 내가 그곳에 있는지도 알 수가 없었다.

"어때? 지낼 만해?"

얼마 뒤에, 지수에게서 연락이 왔다.

"원고는 좀 썼냐?"

원고? 내가 반문하자 자기랑 어디 바람이나 쐬러 가자고 그는 말했다. 다음 날 그는 '배민裵民문학추모제' 초청장을 가지고 왔다. 배민은 서해안 항구도시 출신으로, 서정적이면서도 강렬한 저항시를 쓰다가 독재정권 시절에 요절한 시인이었다. 대면한 적은 없었지만, 고교시절에 우리는 서클 모임에서마다 그의 시집을 돌려가며 읽었다. 그런데 지수가 지난날들의 기억과 추억이 뒤섞인 초청장을 가지고 나를 데리러 왔다.

"네가 봐줘야 할 것이 있어."

그는 나를 데리고 가면서 말했다.

"행사장에 가보면, 요즈음 문학계에서 으스대고 있는

낯짝들을 너도 여러 명 만날 수 있을 것이야. 그 면면을 보면, 요즘 문학계의 풍토가 어떤 것인지 너도 대강은 짐작을 할 수 있을 것이야."

추모제가 열리는 시립미술관으로 가자, 주차장에 벌써 많은 차들이 몰려와 북적이고 있었다. 완장을 찬 행사 요원들이 호루라기를 불며 차들을 정리하고 있었다. 행사장으로 꾸며진 잔디밭에는 소설가와 시인들, 공무원들, 시민단체 회원들이 줄줄이 앉아 있었다.

"저 두 사람을 봐."

지수가 초대석에 앉아 있는 두 사람을 가리켰다.

"이 지방을 대표하는 작가들이야. 왼쪽에 앉아 있는 사람이 소설가 한주환이야. 그런데 주위에서는 그를 '돈주환'이라고 불러. 돈Don은 스페인어로 귀족을 뜻해. 우리식으로 말하면 돈mony을 가리키는 말이야. '스페인 귀족처럼 황금에 눈이 먼 주환'이라는 뜻이지. 그는 이권에 개입하지 않은 데가 없어. 지방자치제의 맹점을 유감없이 잘 이용하는 것이지. 오른쪽에 앉아 있는 사람은 소설가 문달주야. 전형적인 기회주의자지. 그는 현실

에 불만을 품은 사람들 앞에서는 문학의 강력한 사회참
여를 주장해. 예술성을 강조하는 자리에서는 문학의 순
수성을 옹호해. 그러면서 그는 자기를 '무적인'이라고 불
러. 소속이 없다는 뜻으로의 '무적인無籍人'이기도 하고,
적수가 없다는 뜻으로의 '무적인無敵人'이기도 해. 요컨
대 자기는 어느 편에도 속하지 않는, 그래서 경계를 넘어
존재하는 위대한 작가라는 것이지."

추모제가 시작되었다.

사회자는 배민문학추모제를 개최하게 된 시대적 사회
적 문화적 배경으로부터 시작하여, 고인의 업적, 작품 해
설, 유족 소개, 추모제 소요 경비, 그리고 시장이 역점사
업으로 추진하고 있는 '배민문학관' 설립 취지와 진척 상
황, 앞으로의 사업계획과 전망에 이르기까지 시시콜콜
자세히 늘어놓았다. 다음에는 고인의 작품 낭송과 축사
등으로 이어졌는데, 시인의 초등학교 동창생이라는 사
람의 장황한 회고담에 이르러서야 공식 행사가 모두 끝
났다. 우리는 뒤쪽에 앉아서 이 모든 광경을 빠짐없이
지켜보았다.

"어때?"

지수가 나를 돌아보며 말했다.

"앞줄에 앉아 있는 저 두 사람을 봐. 시장과 시의회 의장이야. 그들은 어린 시절 한 마을에서 자란 죽마고우였어. 그런데 지금은 사사건건 앙숙이 되었어. 왜냐하면, 그들은 백면서생에서 어느 날 갑자기 투쟁하는 정치인이 되었기 때문이야. 더 정확하게 말하자면, 지방자치제가 시작되면서부터 서로 몸담은 정당이 달라졌기 때문이야. 지금은 사석에서 만나도 인사조차 건네지 않는다는 소문이야."

실지로 두 사람은 일부러인 척 외면한 채 서로 다른 쪽을 보고 있었다.

"그런데 허위의식의 측면에서 보자면, 정치인만 그러는 것이 아니야. 저기 시장과 등을 돌리고 앉아 있는 동화작가를 봐. 너도 어디선가 많이 본 얼굴이지? 신문이나 방송에 뻔질나게 얼굴 내밀기를 좋아하는 작자잖아? 그런데 얼마 전에 저 친구는 시장이 재임하고 있는 한, 자기는 글을 쓰지 않겠다는 선언을 했어."

절필 선언? 그런데 절필 선언치고는 묘한 데가 있다고 내가 말하자, 모르긴 해도 그것은 매사에 잘난 체하는 글쟁이의 공허한 허세 때문일 것이라고 지수는 말했다. 그러면서 그는 동화작가 옆에 앉아 있는 또 한 사람의 문인을 가리키며 말했다.

"잔뜩 뻐기고 앉아 있는 저 꼬락서니를 봐. 저 친구도 어디선가 많이 본 얼굴이지? 시인인데, 자기가 무슨 연예인이라도 되는 듯이 뻔질나게 방송에 나가 주접을 떠는 친구잖아?"

그는 넥타이도 매지 않은 헐렁한 청바지 차림이었지만, 속으로는 대단히 겉멋을 부리고 나왔음이 분명했다. 아침에 눈을 뜨자마자 이발소에 가서 정성들여 이발을 했는지, 햇빛에 드러난 면도 자국이 눈에 띄게 파르스름했다. 그러나 그것이 오히려 불결하게 보였던 것은, 그 안개의 섬에서 개에게 수음을 시키던 내무반장의 얼굴이 떠올랐기 때문이었다. 그러자 지수가 새로 쓰기 시작했다는 「냄새에 대한 추측」의 어떤 이미지가 떠올랐다. 그 순간 나는 잃어버린 후각이 되살아나면서, 세상의 모든 냄새들이 한꺼번에 밀려드는 듯한 느낌이 들었다. 물론 착각이었지만, 그러나 어느 순간에 그것이 현실이 된다면, 나는 그 많은 냄새들을 견디며 살아갈 일이 심란해지는 것이었다.

"걱정도 팔자지!"

내가 그 이야기를 하자 지수가 웃었다.

"그렇지만 작가가 되려는 것이 분명하다면, 너는 세상의 그 모든 냄새를 견딜 수 있는 힘을 길러야 해!"

* * *

"뭐가… 좀… 잡혀요?"

그날 밤에 내가 들었던 첫 마디였다. 그런데 가스등 불빛에 그 얼굴이 비치는 순간 나는 온몸에 소름이 끼쳤고, 공포감으로 머리털이 곤두섰다. 그것은 누군가 잘못 만들어 진흙 구덩이에 던져놓은 가면인 것처럼 보였다. 끔찍한 모습으로 뒤틀린 그 얼굴은 이미 사람의 것이 아니었다. 찌그러진 살덩이 사이에 박힌 두 눈이 가스등 불빛을 받아 기괴하게 번쩍거렸다. 뒤틀린 손으로 불빛을 가리면서, 그 사람이 말했다.

"놀라지 말아요. 나는 아무도 해치지 않아요."

그런데 나는 방어할 도구라고는 가스등과 낚시 받침대밖에 없었다.

"나는 다만 내 이야기를… 몇 마디 말이라도… 내가 원하는 것은… 그것을 알아주신다면…."

띄엄띄엄 그는 이런 요지의 말을 했다.

뒤틀린 입술 사이로 흘러나오는 목소리는 풀무에서 새는 바람처럼 갈라져서 알아듣기가 어려웠다. 공포에 짓눌려 꼼짝달싹할 수 없으면서도, 나는 체념한 듯이 그의 말에 귀를 기울이기 시작했다. 근처 마을에 사는 그는 무명의 가수 지망생이었다. 그는 어느 이름있는 방송국 신인가수 선발전에 출연 중이었다. 몇 주 후에는 대망의 가수가 되리라는 꿈에 부풀어 있었다. 실지로 음악평론가와 관객들이 추천하는 가수 중에서 그는 가장 강력한 우승 후보로 지목되고 있었다. 그런데 어느 날 그를 싣고 달리던 택시가 가드레일을 들이받고 전복된 뒤에 불이 붙었다. 도로순찰대와 소방차가 달려와서 불길을 잡았지만 택시 기사는 이미 숨을 거둔 뒤였다. 사고를 처리하고 있던 사람들은 한참 시간이 지난 뒤에야 불에 탄 택시 뒷좌석에서 무엇인가 희미하게 꼬물거리는 것을 발견했다. 밖으로 꺼내자 그것은 다만 불에 탄 한 덩어리의 살에 지나지 않았다. 그래도 아직 희미하게 숨이 붙어 있는 것이 확인되었으므로, 그는 구급차에 실려 병원으로 이송되었다. 그리고 1년을 병원 침대에 누워 있다가 집으로 돌아왔다.

"저는 날마다 방에만 박혀 있어요."

이런 요지의 말을 그는 한참 이어갔다.

"제 얼굴이 얼마나 끔찍한지 알고 있으니까요. 그래도 밤이면 조금씩 밖으로 고개를 내밀어요. 그러나 변한 것은 아무것도 없어요. 저는 끊임없이 저에게 질문을 던져요. 나는 왜 여기 있는가…. 죽지 않고 왜 살아 있는가…. 수많은 사람 중에서 나만 왜….."

그렇지만 나는 한마디도 들려줄 말이 없었다. 그것은 내가 한 번도 겪은 적이 없는, 그래서 그것은 내 경험 밖에 존재하는 그 무엇인 것처럼 보였다. 그러면서도 밀려오는 공포감을 어쩔 수 없었고, 일찍이 대면한 적이 없는 기괴하고 낯선 것, 그것으로부터 오는 이물감에 꼼짝할 수가 없었다.

그런데 몇 번 만나는 사이에 나는 그의 말에 귀를 기울이고 있는 나를 발견하고 놀랐다. 작가가 되어 인생을 말하기로 결심하였다면, 나는 그의 언어를 해석하고, 화해하지 못한 그의 슬픔을 이해하고, 그의 어두운 내면을 형상화하여, 그것을 한 편의 소설로 쓸 수도 있지 않을까 하는 생각이 들었다. 그때부터 나는 밤길을 더듬어 숙소로 돌아오면, 밤을 새워 그것을 쓰기 시작했다. 저 아래 어두운 곳, 바닥을 알 수 없는 심연으로부터 나는 무엇인가를 인양하고 있었다. 저 아래 어두운 곳, 어느 날 갑자기 청년을 삼켜버린 심연, 프로이트의 무의식, 그 무의식 속의 '이드id', 그 이드보다 더 깊고, 더 불가사의하고, 더 혼란스럽고, 더 난해한 것, 그것들의 어둠의 깊이를 나는 이미 소설로 쓰고 있었다.

의심할 필요가 없는 일이었다. 그것은 두 개의 축으로

구성된 하나의 이야기였다. 이야기의 한편에는 아침에 일어나 보니 영문을 알 수 없는 이상한 증세로 얼굴 한쪽이 마비된 소년이 있었고, 한편에는 실탄 오발로 눈을 하나 잃어버린 형이 있었다. 그것은 두 개의 '상실과 발견에 관한 이야기'였다.

〈형에 대한 발견〉

글쎄, 귀신이 씌어도 단단히 씌었지. 중학생이던 형은, 어느 날 자기가 만든 딱총에 실탄을 재어, 그것을 거대한 참나무의 단단한 등걸을 겨냥해 쏘았다는 것이다. 그런데 실탄이 튕겨 한쪽 눈을 찢어버리자 형은 꼼짝없이 병신이 돼버리고 말았다. 몇 년 전 일이었는데, 식구들이 모두 나서서 발을 동동 굴렀으나 헛일이었다. 이야기는 이렇게 시작된다. 그러자 그때부터 원통한 귀신이 귓가에 와서 어두운 입김을 뿜으며 꼬드기는 듯한 나쁜 일들이 벌어지기 시작했다. 형에게 발광의 징후가 뚜렷해지던 어느 날이었다. 아버지는 미친 사람을 곧잘 낫게 한다는 한의사를 찾아가는 길에 나를 데리고 가셨다. 우리는 십 리나 떨어진 그 황량한 마을에서 늙은 한의사를 만났다. 아버지와 그 사람이 악수를 나누고 있는 동안, 두 손은 교합하고 있는 두 마리의 작은 짐승처럼 오래 붙어 있다가 떨어졌다. 나는 그때 얼굴이 창백한 어떤 청년이 불타는 시선으로 집 모퉁이에서 우리를 쏘아보고 있는 것을 보았다. "가련한 인생들아!" 시선이 마주치자 청년이 큰 소리로 말했다. "무엇을 수군거리고 수군거리고 또 수군거리는가!" 아버지가 질겁을 하시자, 그는 자기가 왕이라는 기묘한 망상에 빠져 있는 미친놈이라고 한의사가 말했다. 청년이 들어간 집에서 고함소리가 들렸다. "미친놈들아, 미친놈들아, 더러운 인생이 벌레처럼 드나드는 네놈들 구멍을 모조리 틀어막으란 말이다!" 청년의 명령에 따라 미친 사람들이 이불솜을 뜯어 온몸의 구멍을 틀어막기 시작했다. 그러나 솜뭉치는 이미 총알처럼 터져 나간 뒤였다. 그런데, "막아라, 막아라, 구멍을 막아라!" 청년의 곁에서 노래 부르듯 흥얼거리고 있는 사람은 젊은 여자였다. 그녀가 만삭이라는 사실은 어린 나의 눈에도 확실하게 보였다. 그녀의 하복부에 시선이 가 닿자, 나는 별안간 괴상한 욕정에 사로잡혔다. 그것은 캄캄한 어둠 저쪽에서 돌진해 오는 밤의 열차 같은 무시무시한 힘으로 나에게 달려들었다. 나는 몸을 떨고 또 떨며, 거의 숨조차 쉴 수가 없었다.

⟨안개의 소리⟩

아침에 일어나 보니, 나는 알 수 없는 이상한 중세로 얼굴 한쪽이 마비되어 있었다. 아버지는 원내미 마을에 가서 용한 침쟁이에게 침이나 몇 번 맞으면 깨끗이 나을 거라고 말씀하셨다. 아침을 끝내고 집을 나서자, 눈 속에서 숨 쉬고 있는 온갖 세계의 일들이 당장에 시작되었다. 밤새 두텁게 내린 눈으로 시야는 가득 눈이 부셨고, 햇빛이 따뜻하게 양지를 쪼이고 있었다. 고갯마루에 올라 내려다보자, 응달진 긴 골짜기가 눈에 덮여 무디게 반짝이며 한없이 뻗어 거의 하늘과 맞닿아 있었다. 원내미 마을에 가려면 저 골짜기를 지나가야 한다고 아버지가 말씀하시자, 나는 이제까지와는 전혀 다른 세계의 입구에 지금 막 발을 들여놓으려 하고 있음을 알았다. "얘야, 저곳에 뭐가 살고 있는지 너는 모르지?" 아버지가 가리키시는 곳을 바라보니 그곳은 물이 깊은 소沼였다. 새파랗게 고인물이 거대한 괴물의 눈동자처럼 수상쩍게 열려 있었다. 그것을 바라보는 순간, 나는 어떤 어두운 비밀에 접근해 가는 듯한 고통스러운 기쁨 같은 것이 스쳤다. "저곳에 뭐가 살아요?" "너도 각시바위를 알지?" 각시바위라면, 나도 안다. 산비탈에 우뚝 솟은 거대한 바위기둥과 그 아래 소용돌이치는 새파란 물. 학교에서 돌아올 때면, 우리는 그곳을 지날 때마다 늘 오금이 저렸다. 그런데 나는 어머니의 심부름으로 그곳에 간 적이 있었다. 형이 미쳐서 집에 불을 놓기 얼마 전의 일이었다. 형은 밤새 음모로 뜨거워진 이마에 손을 얹고, 동쪽이 희미하게 밝아오는 새벽녘이면 소리도 없이 유령처럼 집을 나섰다. 형이 어디를 헤매 돌아다니는지 뒤를 밟아보라고 어머니가 시켜셨다. 형은 자욱이 서린 각시바위의 안개 속으로 잦아지듯 묻혀버렸다. 안개는 우리를 낯익은 세계로부터 떼어놓기 위하여 결사적으로 노력하고 있는 것 같았다. 그러자 안개 속에서 형이 웃고 있는 듯한 희미한 웃음소리가 들려왔다. 원귀가 머리를 풀어 헤치고 바야흐로 안개 속으로 잦아지고 있는 듯한 형의 웃음소리가. 아니라면, 그것은 공포에 마비된 나의 귀가 잘

못 들은 환청이었는지도 몰랐다. 그런데도 안개가 신음하고 있는 듯한 그 웃음소리에서 나는 아마 형의 발광을 예감하였을 것이었다. 잃어버린 눈의 이물감에 시달리며 외롭게 미쳐가던 형을. 그리고 그의 캄캄한 혼을 흔드는 인생 속으로 나 자신 진땀을 흘리며 접근하기 시작하였을 것이었다. 나는 오들오들 떨면서 그 자리에 주저앉아버렸다.

〈이무기를 찾아서〉
"각시바위와 저 소는 똑바로 재도 십 리나 되는 거리지." 아버지가 말씀하셨다. "그런데 땅속으로 굴이 뚫려 저 물이 서로 만나고 있단다." 나는 놀라서 숨을 죽였다. 각시바위의 물이 십 리나 되는 땅속으로 굴을 통해 저 어두운 물과 만나고 있다니. 캄캄한 굴속에서 만나 이빨을 드러내고 웃으며 인간들이 모르는 언어로 수군거리고 있다니! 그것은 상상만으로도 끔찍하게 소름끼치는 기묘한 세계의 일이었다. 그런데 무지무지하게 큰 이무기 두 놈이 굴 속에서 일 년에 한 번씩 만나 흘레를 붙는다는 것이었다. 나는 거의 숨도 쉬지 못할 지경이 되어버렸다. 거대한 이무기 두 놈이 캄캄한 굴속에서 만나 대가리를 물어뜯으며 흘레를 붙고 있는 광경을 상상하자 몸서리가 쳐졌다. 그놈들은 거대하고 굳센 꼬리를 휘감으며 물을 가를 테지. 신음하며 피를 흘리고 괴상한 소리로 울부짖을 테지. 그것은 상상만으로도 온갖 어두움이며 무시무시한 광기의 세계였다. 그런데 그 끔찍한 세계의 입구가 저렇게 새파랗게 눈을 뜨고 나를 사로잡으려 하고 있음을 알자 나는 다시 소름이 끼쳤다. 오래전부터 그것을 알고 있으면서도 낯익은 눈으로 태연히 바라보고 계시는 아버지조차도 나에게는 이제 이해할 수 없는 세계요, 낯선 인종을 바라보는 것 같은 생소한 느낌이 들었다. 그 순간에는 나의 마비된 얼굴도 나에게는 오히려 낯익은 것이라는 고통스러운 안도감이 들었다. "가자!" 아버지는 녹초가 되어버린 내 손을 잡아주셨다. 우리는 터벅터벅 걸어서 그 낯선 골짜기를 빠져나가기 시작했다.

* * *

나는 물론 이 작품이 S일보 신춘문예 소설부문 당선작

으로 결정되었음을 나중에 이야기하여야 한다.

그런데 당선 소식을 처음 접하던 순간의 경이로움이 특별하고 강렬한 것이어서, 사건의 진행 순서를 무시하고 앞자리에 놓고 먼저 얘기하고 있음을 양해하여야 한다. 아무튼 그것은 열두 살 무렵, 내가 도시공원 굴참나무 숲에서 꿈에 본「새의 전설」을 소설로 쓰리라 마음먹은 때로부터 12년이 지난 뒤였다. 나는 그동안 여기저기 기웃거리며 헤매 돌아다니다가 이제야 비로소 제자리를 찾아 돌아온 듯한 느낌이 들었다. 값비싼 직물인 것처럼, 나는 그것을 짜기 위하여 나에게 할당된 시간을 다 썼다. 오랜 세월 헤매 돌아다닌 것은 사실이지만 또한 시간에 실려 이곳으로 온 것도 분명한 사실이었다. 그것이 나를 다시 어디로 데려갈 것인지는 알 수가 없는 일이었다. 그러나 우울하면서도 광휘에 휩싸인 그 행복감에 나는 마음을 맡겼다.

S일보 문화부장이 나에게 그 소식을 알려 주었다. 나는 그것을 지수에게 전했고, 외삼촌에게도 알렸다.

"그거야 당연한 결과 아니냐?"

지수의 반응이었고,

"어쩌다 쓸만한 일을 했구나!"

외삼촌의 말은 대견하다는 뜻을 담고 있었고, 그 속에 커다란 기쁨을 감추고 있는 것처럼 보였다.

"작품의 서두가 매우 서정적이더군요."

나중에 시상식 날에 만난 젊은 심사위원이 말했다. 그는 「우리 시대 젊은 작가」 그룹 핵심 멤버였다. 젊은 평론가들 사이에서 대표적인 참여작가로 분류되는 사람이었다. 그래서 그가 내 작품을 당선작으로 뽑았다는 것은 의외의 일인 것처럼 보이는 것이었다.

"그런데 처음 몇 구절이 지나자 작품이 이상하게 어두운 광채로 번쩍이기 시작하더군요. 특히 '이무기'의 이야기는 압권壓卷이었어요. 제 관점으로는, 웬만해서는 인간의 어두운 내면을 그렇게 잘 형상화해 낼 수 없을 것이라는 생각까지 들더군요. 심사평에도 썼습니다만, 이 작품에서 이무기는 심리학적 차원을 벗어나 역사적 차원을 확보하는 데까지 그 의미망을 확대하고 있습니다. 결국 작가는 이무기를 인양하면서, 인간 내면 깊숙이 숨겨져 있는 억압된 어떤 충동만을 건져 올리는 것이 아니라, 한 인간 개체 수준이 아닌 유類로서의 인간 전체의 기억을 거슬러 올라가, 역사 이전의 신화적 질서까지 건져 올리고 있는 것입니다. 그리하여 주인공 소년은 아슬아슬하게도 신화와 무의식의 영역을 벗어나 '어른'이 되는 것이죠. 뛰어난 성장소설이 된 까닭입니다."

나는 듣기만 했다.

"그러나 자칫 자폐적 세계에 빠질 위험이 있어요. 작가란 시대를 앞서가는 존재인가 혹은 시대에 예속된 존재인가 하는 것은 각자 관점의 문제인 것이죠. 그러나 작가가 시대를 방관한다면, 사회는 무엇으로 그 손실을 보전할 수 있는 것이죠?"

그러나 나는 그의 충고에 귀를 기울이지 않았다. 「새의 전설」이 나의 십대의 미완의 궤적이었다면, 이번 작품은 진땀을 흘리며 접근했던 이십대의 탐색의 결과였다. 나는 내가 '발견'한 것들을 그렇게 '인양'하였다. 그동안에 나는 혼자 탐색하고, 혼자 쓴 그것을, 혼자 그렇게 읽어왔을 따름이었다. 쓸쓸하지만 그러나 자부심에 차서, 나는 그 세계에 당분간 더 머물러 있기로 마음을 먹은 뒤였다. 사람들이 시류時流에 봉사하는 것은 사회적 집단 무의식의 발로인 것처럼 보였다. 어릴 적부터 나는 그것에 대하여 강한 경멸의 감정을 가지고 있었다는 생각이 드는 것이었다.

"개인적인 체험을 들려드리게 됨을 양해하시기 바랍니다."

신춘문예 시상식 날이었다. 시상식장에 축하객들, 신문사 사람들이 줄줄이 자리를 잡고 앉았다. 당선자는 시 소설 평론 희곡 동화 부문에서 다섯 명이었다. 나는 그들을 대표하여 수상소감을 이야기하고 있었다.

"열두 살 무렵, 교회에 가면 예쁜 주일학교 선생님이 계셨습니다. 어린 우리들에게 '이야기의 힘'을 가르쳐주신 분입니다. 이제까지 저는 그렇게 생기 있고 아름다운 목소리를 들어본 적이 없습니다. 그것은 저에게 미지의 세계를 열어주는 문이었으며, 마법과 같은 이야기의 샘이었던 것입니다. 특히 그분이 들려주신 구약의 수많은 이야기들은 저를 무한한 이야기의 세계로 데려갔습니다. 수천 년 전에 일어난 일들이 어떻게 그렇게 생생하게 전해질 수 있는 것인지 경이로웠던 것입니다. 그러나 호기심을 잃지 않는다면, 너희들도 모두 훌륭한 이야기꾼이 될 수 있을 것이라고 그분은 말했습니다. 그것은 세대에서 세대로 이어지는 이야기의 세계, 그 불멸에 대한 가슴 설레는 초대였던 것입니다."

나는 이야기를 계속했다.

"우리는 나약한 존재이고, 우리의 삶은 한정되어 있습니다. 그러나 우리는 지금도 배를 저어 위험한 바다로 나가고, 어떤 사람들은 낙타를 몰고 사막을 건너갑니다. 사막을 건너는 사람들은 밤이 되면 모닥불가에 둘러앉아 이야기를 나눕니다. 이야기를 시작하자마자 그들 사이에는 이야기꾼과 그 이야기를 듣는 청중과의 관계가 성립되는 것입니다. 특히 수단Sudan과 같은 곳에서는, 모닥불가에 둘러앉은 사람 중에서 누군가 '여러분에게 이야기를 하나 들려주지.' 하고 말을 꺼내면 주위 사람들은 어김없이 '나눔!' 하고 대답하는 것입니다. '암, 그렇고말고!' 하는 뜻입니다. 그러면 이야기꾼은 '모두 다

진짜는 아니지.' 하고 말하고 주위 사람들은 다시 '나눔!' 하고 대답합니다. 이야기꾼이 '그렇다고 다 거짓말은 아니지' 하고 말하면 주위 사람들은 다시 '나눔!'하고 대답하는 것입니다. 그러면 이야기꾼은 마음대로 이야기를 하게 되고, 청중은 그의 이야기에 귀를 기울이게 됩니다. 그리하여 이야기꾼과 청중들은 함께 허구적 세계의 이면에 숨어 있는 진실을 찾아 여행을 떠나는 것입니다. 이것은 '이야기를 하고자 하는 욕망'과 '이야기를 듣고자 하는 욕망' 사이를 오가는 인간의 본성에 관한 이야기입니다. 여기서 제 개인적인 체험을 말한다면, 어느 날 저는 도시공원 숲속에서 길을 잃고 헤매다가 굴참나무 아래 누워 '새 점을 치는 남자'를 꿈에 본 적이 있습니다. 해 질 무렵이면, 그는 벌판에 나가 하늘에 비상하는 새들을 관찰하면서 그것을 인간의 언어로 옮기는 남자였습니다. 저는 그 꿈의 제목이 「새의 전설」이라는 것을 알았고, 그것을 소설로 쓰기 위하여 십대의 어느 한때를 그것으로 다 보내버린 적이 있습니다. 어린 시절, 제가 그 덧없는 꿈속을 헤매 돌아다니고 있었던 것은, 저는 세계를 향하여 그 꿈의 비의秘義를 얘기하지 않으면 안 된다는 열망에 사로잡혀 있었기 때문이었는지 모릅니다. 원시인들이 동굴 벽에 짐승들의 형상을 그리던 아득한 옛날로부터 오늘에 이르기까지, 그것은 변하지 않는, 인간만이 가지는 특징인 것입니다. 원시인들이 대지에 화살을 그린 것은 산들의 위치나 짐승들이 떠난 방향을 동료들에게 알려주려는 목적에서였습니다. 마찬가지로 그들이 동굴 바위에 새긴 형상들은 자신을 표현하고 싶은 본능적 욕구의 산물이었던 것입니다. 그러므로 오늘날 글을 쓴다는 행위가 원시시대보다 한결 복잡한 동기와 목적을 지닌 것이라고 할지라도, 모든 글의 배후에는 이처럼 원시시대와 똑같은 기본적인 욕망이 서려 있는 것입니다. 그것은 곧 자신의 의사를 전달하고, 지식이나 관념이나 정서를 공유하고, 세계에 대해서 무엇인가 말하고자 하는, 인간이라면 누구나 지니게 되는 기본적인 욕망에서 출발한다는 것입니다. 우리가 오늘 '신춘문예'라는 좀 특별한 관문을 통과하여 '작가'가 된 것도 마찬가지입니다. 우리는 지금 그 멋진 초대장을 들고, 이야기,

그 불멸의 세계로 여행을 떠나려고 합니다. 응원해 주신 분들께 감사드립니다."

시상식이 끝났다.

긴 여행에서 돌아온 느낌이었다. 집으로 돌아오자 편지가 기다리고 있었다. 서희, 윤서희, 베로니카 수녀, 오오 그리운 이름이었다.

명준아, 축하해.

시내에 나왔다가 네 소식을 들었어. 우체국에서 지금 이 편지를 쓰고 있어. 신문에 실린 네 사진을 보고, 당선 작품도 단숨에 읽었어. 당선소감은 특히 인상적이었어. 그것은 감탄과 경이로움이었어. 우리가 주일학교에서 만난 것이 언제였지? 그런데 너는 어느새 청년이 되고 작가가 되었구나. 얼마나 자랑스러운지 몰라. 우체국에서 쓰느라 길게 쓰지 못해 미안해. 며칠 뒤에 나는 이탈리아 어느 수녀원으로 떠나. 아마 돌아오지 못하게 될지도 몰라. 그러나 너에게 이 말은 꼭 전해주고 싶어. 작가가 된 이상, 누군가 너에게 '왜 쓰는가?' 하고 묻는다면, 너는 '무엇이 더 있는가?'라고 대답할 수 있어

야 해. 이것이 나의 마지막 응원이야. 너의 빛나
는 성취를 다시 한번 축하해. 그럼 안녕!

2000년 1월 일

윤서희 베로니카 수녀

그날 아침, 나는 스물다섯이 되었다. 무엇보다 외삼
촌으로부터 후견인의 권리를 돌려받을 나이가 되었다고
생각하니 기뻤다. 나는 나 자신을 축하해 주고 싶었다.

"나의 혼이여, 미지의 구름이여!"

나는 나에게 말했다.

"그것을 따라가거라, 그것이 너를 자유로 이끌 것이
니….."

구름 관찰자

초판 1쇄인쇄 2023년 4월 7일
초판 1쇄발행 2023년 4월 10일

저 자 김신운
발행인 박지연
발행처 도서출판 도화
등 록 2013년 11월 19일 제2013−000124호
주 소 서울시 송파구 중대로 34길 9−3
전 화 02) 3012−1030
팩 스 02) 3012−1031
전자우편 dohwa1030@daum.net
인 쇄 유진보라

ISBN ┃ 979−11−92828−13−8 *03810
정가 15,000원

*이 책은 광주광역시 GWANGJU CITY 광주문화재단 Gwangju Cultural Foundation 지역문화예술육성지원사업으로 지원 받아 발간되었습니다.

도화道化, fool는
고정적인 질서에 대한 익살맞은 비판자,
고정화된 사고의 틀을 해체한다는 뜻입니다.